流浪犬阿金

一、狗王阿金

平靜的午後，灰濛濛的天空下著雨。山區的商店老街外圍，盡是壯麗山景與知名的水庫風景區，此刻難得顯出一股靜謐。

各式名產老鋪、甜鹹食名店並列在橘黃色的日式老街上。

因為是平日的關係，原本充滿人氣的商街只將鐵門拉上一半；連門邊老椅子上的黃毛貓兒，都閒得發慌，打起瞌睡。

忽然間，貓兒身體一抖。

牠望了空蕩蕩的路口一眼，颼地往店門內躲去——

「哼哼哼哼～」遠方傳來了引擎聲響，來勢洶洶。

一輛老舊的白色保姆車噴著黑氣，急速駛近山腳下的老街商圈。

「動物教育園區」，幾個標楷體大字噴在保姆車車廂上，正在忙著進貨、盤點的商家則是一臉習以為常。

「糟糕，他們又來了！」廟口抽煙的老翁眼神閃爍，彷彿正經歷一場天人交戰。他先是左顧右盼，隨後牙關一咬、敲起廟前大鑼。

「哐噹噹——」

老翁朝廟口歇息的三隻野狗猛衝過去。「走走走！快逃！」

狗兒被驚動了，一時還不明白發生什麼事，只見有道大黑影忽從廟口

一、狗王阿金

後方竄出。

「汪！汪嗚嗚——」黑狗挺起飽滿的胸膛長嚎，彷彿發號施令，所有狗兒全都豎耳注意。

牠們這才四竄逃散，後知後覺往山上跑。

「嗚嗚嗚……」街邊一頭小白狗忙著從週末遺留下來的垃圾堆翻找食物，一時不明白兄弟姊妹都去了哪，才想往前跟著大夥兒跑，忽然身體一個騰空——

「咿咿咿！」牠被捕狗繩套住頸子，渾身在空中掙扎亂踢，淒厲嚎叫。

「哎呀，吵死了……」幾個大嬸躲回自家，拉下鐵門。

「不要動！」捕狗人員面色鐵青，一把將小白狗從捕狗套索中拎出，丟進保姆車。

後方的十幾個大鐵籠全是空的，彷彿一群張開血盆大口、等待獵物的金屬怪獸。

捕狗員個個行動迅速，看到狗就逮。

又長又直的紅色捕狗杆只要往前一撈阻斷狗的去路，另一名捕狗員就從後頭套住狗的脖子。

「不走就用拖的！別心軟！」前頭的捕狗員喊完，後頭的幾位也連連點頭，將在杆下掙扎得滿口是血的狗兒狠力拖行，硬塞進籠中。

「汪——嗚嗚汪！」率先發令的大黑土狗並不像其他狗兒努力逃命，而是站在山頭路口對著人員嘶吼，粗重磁性的嗓音滿是怒意，儼然在對捕狗員們示威。

「咿咿……」一隻母狗正從破紙箱中吃力起身，想跟上快速逃命的野狗群……

牠之所以行動不快，是因為肚子下方還護著四隻瘦弱的小狗兒。

小狗兒單薄又軟綿綿的毛皮下方，細小的肋骨清晰可見，可見母狗無法分給牠們多少奶水，連補給迅捷的體力都是奢求。

快的逃，壯的躲，捕狗員只能紛紛上前撈起小狗。

「汪嗚嗚！」母狗嚇壞了，直到第二隻、第三隻小狗皆被撈走，牠終於鼓起勇氣，轉身朝那奪走孩子的手，張嘴咬去！

「賤狗！」捕狗員痛了，怒得朝母狗頭上就是一敲！

「帶走！通通帶走！」捕狗員們用杆子套住母狗，任由牠哀求哭叫，也粗暴地把抵抗的小狗壓在地上。

一、狗王阿金

此時，山口邊等待的大黑狗，迅如疾風地衝下坡道。

聰明的牠默不作聲，黑影悄悄朝捕狗員腿邊接連繞過，一口氣叼回兩隻小狗兒。

「混蛋黑狗！」捕狗員們個個狼狽不堪，緊追不捨。

「嗚汪汪汪！」黑狗護在母狗與小狗前方，露出白森森的尖牙猛吠。

捕狗杆的套索接連落空，黑狗雖身形巨大如小馬，卻異常敏捷，捕狗員們一不小心還被咬了好幾口。

「可惡！這傢伙！」人類的尊嚴不容許被踐踏，捕狗員們個個憤怒至極，唯有一個最為資深的捕狗員，緩緩退到後方獰笑……

就在黑狗努力守護狗群之際，捕狗員使出長杆猛力擊打地面，嚇得母狗與小狗四竄，黑狗一時沒了頭緒，只想讓牠們冷靜。

一杆忽然朝黑狗臉上打了過來，牠往左閃去——

正巧被後方的套索勒個正著。

「哈哈哈哈！」捕狗員得意大笑，看見黑狗奮力掙扎狂嚎、在地面被拖打的發狂模樣，他用力勒緊套索。

「不過就是隻臭狗！逞什麼英雄啊！」

此時，體弱的母狗與小狗們也紛紛被抓回，塞進不同的籠子。

「汪！嗚嗚汪！」大黑狗滿臉是血，被好幾個壯漢一路硬生生壓進籠中，牠仍抵死不從。

廟口的老翁信步走來，努力想說些什麼，語氣終究還是放弱。「你們一定每次都要弄得這麼大陣仗嗎……」

「你以為我們想來嗎？」捕狗員們坐上車，一臉無奈。「你以為我們不好好坐在辦公室休息，想來這裡被狗咬？」

「不過，那隻大黑狗終於抓到了，這次最有收穫。」副駕駛座上，資深的捕狗員喃喃說著。

「關於那隻黑狗王……」老翁似乎想替黑狗求情，卻詞不達意。

「哼，還替牠取了這種綽號幹麼？」年輕的捕狗員不爽地說：「搞不好讓附近的母狗都懷孕了，製造問題！」

「不，那隻黑狗早就結紮了……」老翁搖頭。「是外地人常來山上棄養狗，這兒的狗群才越來越多……」

「我們不是來聊天的！讓開！」捕狗員還趕著去其他地方，揮手關上車門。

一、狗王阿金

保姆車載著一車哀號狂吠的狗兒，匆匆離去，留下老翁愣在路旁。

他很清楚為何捕狗員會到這裡來。

野狗如果多了一兩隻，在毫無結紮的狀況下，下一季就會多出一整群。遊客與商家受到影響，自然會去「通報」——也就是請政府派人把這些狗「處理掉」。

捕狗員們只是負責善後的前線人員，勞心勞力，不是真正的壞人。

「唉，沒人想當壞人。」老翁喃喃點起了煙，退到路旁。「真正的壞人是那些棄養的人。這種人，是看不到、也抓不到的……」

廟口老翁緩緩往回走，單薄的背影，融入山區的灰霧之中。

🐾

一棟棟鐵皮屋建築中，共有上百個大小不一的籠舍，裡頭關著花色各有千秋、體型大小不一、個性截然不同的百隻狗兒。

有些毛茸茸的小狗嗚嗚哭著想找媽媽，有些狗兒掛著絕望的神情昏頭大睡，也有些狗兒奮力蹦跳、竭聲哭喊，期望讓外界聽見自己。

此刻，一群熱情洋溢的大學生進門，引起收容所動物們的喧然躁動。

學生們胸前分別掛著識別證，身上清一色配有相機，後頭則跟隨著步伐匆忙的收容所人員。

「你們要拍就拍，千萬別開籠門。有問題不要個別來找我，我很忙。請先寫在紙上、註明狗的編號，若我有空才會統一解答！尤其是學長姊，拜託管好學弟妹，不要逼我跟你們學校抗議。」所方人員交代完，匆匆回辦公室去了。

「大家要守規矩，別大吼大叫，也不要在籠子前光哭、不做事。我們主要的任務，就是拍照ｐｏ網，讓這些狗兒的身影和故事被看見。」社長是一位馬尾女孩，她用嚴肅的語氣叮嚀完，學弟妹們都紛紛點頭。

他們是附近大學「關懷生命社」的成員，每週的社課都會到這裡來替貓狗們拍照。

有些照片貼上網，被好心人看中，成了另一種生命紀錄；有些貓狗則到安樂死前都無人領養，照片就成了遺照。

因此，學生們個個神色正經，絲毫不敢把拍照這件事當作兒戲，他們準備了香噴噴的肉條零食、會發出啾啾叫的小玩具，為的就是吸引籠中每

一、狗王阿金

隻狗看鏡頭，對著未來可能的飼主表現出最迷人的那面。

當然，有些狗兒壓根兒就不在乎零食與玩具，低垂著頭，一副生命已到盡頭的絕望模樣。

有些狗兒則是埋著鼻子狂睡，或乾脆背對鏡頭。

上週被捕狗隊抓進來的大黑狗，就是一例。

「黑狗狗～看這裡！」一位男大生抓著相機，在籠前已經駐足了十分鐘，又叫又喚，還揮舞肉條，大黑狗就是不理他。

男大生只好先拍籠外的狗兒編號，牌子上這麼寫道：「年齡：三到七歲。個性：兇暴孤僻。入所原因：陳情捕捉。公狗，已結紮。」

「說什麼『兇暴孤僻』……應該還好吧？他明明這麼安靜啊……」男大生仍拍了幾張黑狗的背影。

在昏暗的光線中，看得出黑狗身材瘦削，毛色烏亮。其他狗兒垂頭喪氣，牠卻抬頭挺胸，只是背對著籠門，彷彿對人來人往的走道不感興趣。

「你在看什麼啊？欸！」男大生急了，又喚了幾聲。

大黑狗的視線，投向鐵皮屋上方的那股小白窗。

窗外透入陽光，映照出牠毛皮上的一顆顆細微金點。

「啊，原來不是全黑的狗，而是帶了點虎斑啊。」男大生讚嘆道，又端起相機替狗兒拍了幾張。

「快點！」他身後傳來女社長的催促。「你怎麼這麼慢！大家都快拍完了。」

「因為這隻黑狗不肯看鏡頭啊……學姐，妳叫叫牠吧？搞不好牠會聽妳的。」

「真麻煩……」社長還是蹲了下來。

黑狗孤高的背影，不知為何有種魔力，彷彿已訴說了千言萬語。點點金光在牠的黑毛上跳躍，低調而內斂的色澤，像銀河中游動的星辰，又好比金箔，閃閃發光。

「阿金！」女社長脫口而出。

就在此時，黑狗回了頭。

「欸！你拍到了沒有？牠回頭了！」兩人振奮叫著，黑狗像嫌吵似的，再度回過頭。

「太棒了！」男大生笑著按下快門。

黑狗繼續只以背影示人，不一會兒就無聊地趴了下來。

一、狗王阿金

即使只有這麼幾秒的互動，懷生社的孩子們，仍將牠回頭的身影貼上了網路。

「『阿金』，山區中被通報入所的流浪狗，大概是在思念著什麼，牠始終都只望著頭頂的那扇小窗發呆。牠非常穩重安靜，被叫『阿金』會有反應，因此，我們就決定這是牠的名字了！阿金的眼睛澄亮，體魄健康，黑中帶金的毛色非常罕見，介於黑狗與虎斑之間，帶出去一定很有面子喔！如果喜歡這種會給你滿滿安全感的大黑狗，一定要來看看阿金！牠已經結紮了，還可以幫你省下一筆結紮費喔。」

懷生社努力從一片荒蕪中挑些優點來介紹，阿金的故事引起了網友注意，獲得了幾則轉貼。

其中，有則貼文觸及一萬多人，那是長期關懷動物的前偶像團體歌手媛媛所轉貼。

阿金的詢問度暴漲，牠的故事瞬間被更多人看見。

此時，位於一處咖啡館內與其他愛狗夥伴聊天的中年女子「玉姨」，就從朋友借她的平板電腦上，看見了阿金的訊息。

「怎麼樣，小玉，要不要接這隻狗？」朋友見玉姨望得出神，猜到她的意願。

「不行啦，我家已經養了六隻啦。再養，兒子媳婦真的會翻臉。」

嘴上雖這麼說，照片中恰巧回眸後望的阿金，卻已擒住了玉姨的心。

阿金的眼神像個黑洞，看似沒說什麼，卻又像講了千言萬語。

難過、質疑、哀痛、不屑等情緒，從那對琥珀色的眼睛中傳遞出來，讓玉姨久久無法移開視線。

「來吧，我們點餐。這間咖啡廳什麼最好喝？」玉姨放下平板，用特別高昂的語調問著，期望自己能就此忘記這隻狗。

她自認是個普通的中年婦女，平日在自助餐店幫忙。因為倒廚餘的緣故，陸陸續續結識了一群流浪狗，一年到頭就忙結紮、送養，也與開狗場的其他朋友互相在網路上低調募徵醫療費。

有兩隻狗本該在玉姨這裡送出，全因捨不得就又留了下來。

將醫藥費結清後，玉姨曾誓言不再接狗，但過了兩年，兒子成家穩定了，媳婦遲遲不生孫子，玉姨發現自己還有多餘的愛與時間，就又再養了幾條狗。

有些是車禍被發現在路旁、硬救回來的；有些是收容所中的母帶子、

一、狗王阿金

送不出的就自己養。玉姨家裡已經『狗口』爆炸，每晚都有六隻狗兒乖巧地擠在臥房地板上陪睡。中午她出門時，牠們則追到門口浩浩蕩蕩目送，附近的人都知道她很有愛心。

不過，經濟能力也就只到這裡，要不是有兒子偶爾拿點零用錢給她，玉姨的所有時間都要拿去工作，今天根本也無法出來喝茶散散心。

再說，結交的都是一群愛狗愛貓人，平常聊天的話題大概也不脫這些，與其說是抒壓的聚餐，不如說是大夥兒吐苦水大會吧！

玉姨吃了快樂的一頓飯，回家又過著有狗兒陪伴的熱鬧日子。直到某天，她與兒子媳婦坐在客廳看電影，手中左擁右抱一群毛孩，心頭卻忽然一震。

「唉……」

「怎麼啦？電影不合胃口？」兒子嘖了一聲，狗兒們也感覺玉姨的情緒低落，嗚嗚撒嬌。

「你的平板電腦……可以借我上個網嗎？」

玉姨憑著記憶，點開某個鄰近收容所的粉絲專頁。

「緊急！緊急！大黑狗阿金，至今無人預約，明天就要排入安樂死名單！希望搶救阿金的好心人快出現吧！求求老天不要斷牠生路！牠一定會是一隻好狗的！」網路志工的語氣十萬火急，下面的留言只有寥寥幾則，分享出去的結果也並不樂觀。

看著照片中阿金的雙眸，玉姨腦袋一熱，留言道：「我接，我來接！明天就去救阿金！」

熱情的同學們立刻湧入玉姨的留言下方，拼命按讚。霎那間，有股熱流注入她的心房。

「辛苦阿姨您了，若需要後續的醫療費用，我很樂意幫忙。不過，聽說阿金還滿健康的喔！」

「看阿姨您的大頭貼養這麼多狗，一定對狗兒很有經驗了！阿金跟到您真是好命了！」

「別給阿姨壓力，如果無法長期養，先救出、再幫牠找家也很好。先謝謝阿姨了！」

不管是哪個留言，玉姨都感受得到孩子們滿滿的肯定，一時得意地掛起微笑。

二、傷透的心

隔天一早，玉姨請求收容所先別殺阿金。

「拜託拜託，我還要請朋友開車載我過去，麻煩先幫我保留狗好嗎？」

「我們這邊不採預約制。太多人約了、卻又不來接狗，造成我們人力成本負擔太大。現在時間一到就安樂死，要來就快來！我們還要處理很多業務，沒空一一承諾妳什麼！」

小姐厭煩的口吻讓玉姨心急如焚。

連打了幾通電話，又等了一個多小時，終於有養狗的朋友調來一台大車，匆匆載著玉姨前往偏僻的收容所。

「快，阿金會不會已經被安樂死了?現在都中午了!」

開車的男志工悠閒地在外頭抽煙。「中午收容所要吃飯，反正現在也大門深鎖，我們等到一點吧？」

「你確定?中午不安樂死？」玉姨聽著收容所內的狗吠聲，急得拚命踱步。

「確定啊!沒有中午就在殺狗的……安樂死也得等到所方人員吃飽啊，我上次也不信，在他們休息時間敲門，對方被打擾到很不爽。畢竟他們休息時間已經很短了，我們最好跟收容所打好關係，按照規矩來。」

二、傷透的心

看到男志工信誓旦旦的模樣，玉姨還是很煎熬，盯著錶看，等到一點就拼命敲門。

到了一點五分，收容所的員工才一臉倦容地開門，玉姨心疼他們的業務量，這年頭作不好、說錯話就被拍照上網，甚至爆料給媒體。不過，這也是台灣各產業的現狀，人人都在工作量大又經費少的狀況下拼命努力著。

玉姨自己也深感經濟壓力，但仍堅決今天一定要接到阿金。

然而，當她看到阿金被兩個大漢架出籠中、邊掙扎邊差點拖倒人員的剽悍模樣，頓時傻眼。

「呃，網路上不是說牠很穩重哀愁嗎？」

玉姨只瞧見一隻生命力旺盛如熊般的黑狗，個頭不比想像中大，但狂跳又疵牙咧嘴的模樣，顯示牠身心狀態都緊迫如上膛的槍。

玉姨勉強鼓起勇氣開口：

「我確定要帶牠，麻煩你們幫我辦手續了。」

「可別又棄養回來喔！」所方人員一臉看好戲的模樣，一面說著這頭狗多兇暴、當初多難抓……玉姨聽了，心底五味雜陳。

「送妳啦！我想應該用得到！」一位大叔人員甚至幫猛吠的阿金套上

嘴套。這一套，顯得阿金就如同蝙蝠俠電影中的殘暴班恩一般，更顯面目可憎。

牠狂甩嘴套，一會兒就掙脫了項圈衝到收容所鐵門前，又被所方人員硬生生拖回來套上鍊子。

「感覺會是一隻很難搞的狗……」男志工有些卻步，低聲對玉姨說：「妳真的確定要養嗎？這種兇猛的狗，萬一跟同類都處不好，送去狗場都沒人要喔！」

「一定是環境的關係，收容所這種監獄般充滿死亡氣息的地方，總會把狗最消極的一面帶出來。給牠愛、給牠好的環境，這頭狗一定會是很棒的狗！」玉姨不只是說給身旁質疑她的人們聽，也是說給自己打氣用的。

終於，阿金被植入冠上玉姨名稱的晶片，因為施打晶片過程太不舒服，牠還狠咬了收容所人員一口。

「呼……」大家活像送走瘟神似的，用鬆了口氣的神情注視著阿金被玉姨牽上車。

阿金與其說是乖乖被玉姨牽著，不如說牠壓根兒沒看玉姨一眼，只聞了一下她的味道就猛衝出收容所，順勢跳上了車。

二、傷透的心

「妳還是坐到副駕駛座吧，別到後座和那隻狗一起……」男志工擔心得提醒玉姨幾句，但她仍堅持兩手摟著阿金，比鄰而坐。

隨著車子駛離收容所、遠離所內的焦躁吠聲，阿金逐漸安靜下來。

「好乖、好乖……我就說吧？牠知道我們不是壞人。」

男志工也天真一笑，兩人原本打算把一身餿味的阿金送去熟悉的寵物店洗澡，但阿金堅持不肯踏入店一步，還狂吠店中每隻無辜可愛的寵物犬，玉姨只好尷尬地將牠直接帶回家。

「那我就送到這裡囉！」男志工道別。

「謝謝！今天太謝謝了！」

志工放玉姨牽著阿金回郊區，五分鐘的路程裡，阿金嗅著農田撒尿作記號，一路狂拉牽繩、讓玉姨在後頭苦追、幾乎是以「拔河」般的方式拉住阿金，腳跟拖在地上前進。

「呼呼呼呼……」因為牠速度過快、項圈被緊緊勒住，阿金從喉間擠出可怕的氣音，但完全也沒有放慢腳步的意思，想走哪就衝哪。

「啊啊！慢點啊！」玉姨好幾次差點跌倒，一人一狗終於氣喘吁吁地回到玉姨家的三合院。

關起門口的矮鐵門，聽見玉姨的聲響，家中的六隻狗兒全都興奮吠叫想迎接，阿金頓時翻臉。

牠朝著屋中方向狂吠，高舉尾巴興奮搖動。

「放心，放心，這裡沒人會害你。」玉姨揉著發疼的手臂，才一鬆繩，阿金就在院中到處猛竄，似乎想找縫隙逃走。

直到玉姨端了碗肉湯來，阿金才不可思議地轉過頭，正眼瞧了她半秒。

「乖……」

玉姨還沒說完話，阿金立刻上前露牙低吠，彷彿催促玉姨快走似的。

「唉呀，真可怕！沒家教！」玉姨也忍不住罵了牠幾句，匆匆丟下碗盤就退到房內。

前廳與外頭院子間有鬧門擋著，屋內的六隻狗兒仍對大口朵頤的阿金進食。玉姨知道，其實狗兒沒有惡意，只是太過亢奮。

「來，別理牠了，媽媽給你們放飯。」深知新來狗兒可能會帶原病菌，為避免威脅到家中狗兒，玉姨不打算馬上讓阿金進屋。

但看著牠吃飽就大剌剌躺到前庭鐵門旁的模樣，玉姨也不相信阿金有多想進屋。

二、傷透的心

彷彿玉姨的好意，牠根本就不屑似的，阿金只是望著門的方向發愣。那身影有些可憎，卻也讓人哀傷。

「還是你們最乖……」玉姨望著家中這六隻乖乖排排坐、等著她發碗的搖尾毛小孩，臉上露出微笑。

說真的，她這輩子接觸過不少狗兒，還沒見過阿金這種野性十足、絲毫不把人類當回事的跩樣。

「唉，接了這隻狗回來，我到底做對還做錯呢？只怕……又給自己找麻煩了。」睡前，望著阿金自個兒縮瑟在車庫旁門縫的模樣，玉姨憂心地喃喃自語。

隔天，兒子下班開車回來，被車燈嚇著的阿金頓時圍住車門一陣狂吠。

「走走走！那是我兒子！你不要激動！」被玉姨驅趕半天，阿金才暫時退開。

晚餐過後，玉姨拿小毯子想給阿金墊著睡，阿金防備地弓起身子，邊疵牙邊躲到牆角，等人走了，才大剌剌躺上毯子。

「妳竟不跟我們好好商量，就收了這隻惡犬！說真的，我現在連去車庫都怕。」兒子很不開心。「不是什麼狗都適合養在家裡！這種狗就是一隻陰陽怪氣的野狗！養在這裡不能防賊，反而防自己人，真的是看了就有氣。」

「別這樣，牠只是不習慣新環境，多給牠幾天，牠會懂的。」玉姨平心勸道，硬是壓住心底的猶疑。

隔天，再隔天，她每日早晚都去給阿金餵飯，將上好的狗飼料用肉湯泡軟、再加上碎雞肉塊。

美食的誘惑，卻只讓阿金更加護食，不等玉姨放下碗就露牙警告，每每她都是「落荒而逃」。

「真的是隻惡犬！好像我是小偷，偷了牠的食物似的！真是搞不清楚狀況！」玉姨每到了用餐時間就來氣，阿金似乎不在乎她怎麼想自己，反正有吃有住，想尿就尿，牠就這麼自在地在車庫旁住了下來，每天狂吠玉姨的兒子與媳婦。

從早到晚的閒暇時間裡，阿金總是望著三合院外的廣闊天地，偶爾試著跳出鐵柵，用手抓門，徒勞無功地繞圈。

說真的，讓人看了心煩意亂，卻又不得不同情牠。

「是不是把牠放走，牠會比較開心？」玉姨轉念一想：「唉，牠才來

二、傷透的心

了幾天，再給牠多點時間吧！我名義上也算領養了牠，晶片也登記我的名字，倘若隨便讓牠跑了，豈不是跟棄養沒兩樣了？我怎麼能作這種事呢？」

🐾

這天，一群志工朋友到玉姨家作客。

說是作客，倒不如說是一群「不速之客」。其實大家都是直率的老實人，總是想到啥、就去做啥。一票人去吃完海邊小炒、一同坐車出遊，想起玉姨家就在附近，打了通電話就跑來。

「唉，要來也不早說！」玉姨與媳婦一接到電話就衝進廚房切水果。媳婦貼心，安撫著快速削皮的玉姨。「哎唷，反正也是您的老朋友，不需太見外啦！」

「不行啦！我平常老愛在臉書上炫耀自己過多好，現在家裡亂糟糟的，豈不是讓人看笑話！」

才說到一半，家中的六條狗兒忽然吠叫起來，叫聲並非威脅，而是單純的興奮。

反倒是門口的阿金警戒十足，不斷發出「吼嗚——吼嗚——」的嚎叫。

隨著一票友人車子駛近，大家都被門口狂嚎又激烈蹦跳的阿金給嚇著了。

即使是一群愛狗的朋友，也知道阿金不尋常，沒人敢靠近牠，玉姨只好尷尬地迎接朋友們直接進門。

「那就是那隻傳說中的狗吧？」朋友紛紛苦笑道：「一臉不好惹的模樣。」

「哎唷，流浪狗多少都有野性，否則，怎能在這種險惡的環境生存下來？」聽著眾人議輪紛紛，玉姨深覺得沒面子，還好家中六隻溫馴乖巧的狗兒對著友人們猛搖尾巴爭寵，軟化了氣氛。

大家在略顯凌亂、堆有大量狗狗物品的客廳隨意坐下、高聲談笑，玉姨也端出簡單的飲料與水果陪大家聊天。

到了晚餐時間，大夥兒捨不得玉姨操勞，直接叫外賣，阿金照樣狂吠外賣員、甚至扯開鍊子想追人家。但玉姨不想有差別待遇，既然家裡的人狗都開始吃飯，外頭的阿金自然也需要一份兒。

「實在不想被大夥兒看到阿金兇我的丟臉模樣……」玉姨心軟，捨不得阿金聞到飯香就餓肚子，只好硬著頭皮去端了份餐點。

「汪嗚嗚嗚！嗚汪汪！」一看見食物，原本冷靜下來的阿金雖沒撲上

二、傷透的心

來，卻依舊露牙對著玉姨狂叫。

「唉呀，這是『護食』啦！」一群狗友都知道這種問題行為，紛紛提供意見。「妳要讓牠餓到快昏倒，牠才會尊重妳！」

也有人說：「等到叫到沒力才給牠吃，現在一吠就匆匆放食物，只會讓牠養成壞習慣。」

一時間大家都圍在門口，七嘴八舌，玉姨感到一陣煩躁。

「不用！我直接放下就好！」大喝一聲，她走上前重重放下食物盤。

就在這瞬間，阿金如觸電般一步上前、咬了玉姨手一口！

「哇啊啊啊！」八百年沒被狗咬過的玉姨往後跌坐，一群人也大罵起來。阿金一時愣住了，胡亂吃了幾口食物就衝到鐵門邊。

恰巧門旁停了一輛朋友的大車，留了個門縫。

就在眾人來不及反應之際，阿金就如弓箭般竄了出去！

牠頭也不回，黑色身影奔入田間的月色，轉眼間就是幾百公尺遠。

「阿金啊！阿金！」玉姨追在後頭狂叫，阿金只是越跑越快。

像從未認同過與玉姨共度的這數個晝夜，阿金的四條烏亮長腿一伸一併，一路狂奔。

直到消失在眾人的錯愕視線中，牠未曾遲疑半秒。

「沒看過這種笨狗……有了食物和遮風避雨的地方，竟然還逃！」

「對啊！也是一隻問題很多的狗兒，跑了就算了吧！」

朋友紛紛罵著，替玉姨出氣。

但他們自以為正義的舉動，卻讓玉姨更加受傷。

「怎麼會……怎麼會呢？」玉姨望著手上被咬出四個血洞的傷口，站在寒風中發愣。

三、命定的緣份

寒冬的雨總是特別折騰人。

一個裹在羽絨外套中騎單車的少年身影，匆匆穿過喧囂的大馬路，一路往郊區騎。

少年的名字是小灝，高一生。

因為是老社區了，這裡沒有任何警衛，單車上的小灝冷得直呼氣，恣意穿梭大門口而過，準確地停入大馬路旁的第二戶人家。

古堡式的花園造型牆，雖風格有些過時，但點起的鵝黃小燈，仍溫暖了小灝的心。

他露出微笑，停妥車就掏出鑰匙開門。

解下黃色圍巾，小灝露出一張被凍紅的清秀臉孔。「呼……冷死了！爸、媽，我回來了！妹～我買了鹹酥雞喔！」

這裡距離鬧區大約十五分鐘路程，對單車學生族來說已經夠遠了，因此這份寒冬中的宵夜，顯得特別珍貴。

「哇，太好了，哥哥真好～」一頭長髮側分的杏兒甜蜜地奔下樓梯，雖然已經十多歲了，但每當遇到好康的事，她總會這樣高聲撒嬌。

「怎麼又買鹹酥雞！對身體很不好耶！」媽媽氣急敗壞地從廚房跑出。

三、命定的緣份

「杏兒，不是說怕長痘痘嗎？還吃！」

「好啦，別這樣，上次吃明明就很久以前啦！」爸爸賊笑，已經朝小灝的鹹酥雞紙袋伸出了魔掌……

「又在那裡扮白臉，分明是你自己想吃！」媽媽忍住笑勸了幾句，但無論杏兒或爸爸，都早已大快朵頤起來。

反倒是小灝只用平靜的笑臉注視大家喉嚨痛的他認份地只給自己倒了杯溫開水，默默檢視著桌上剛寄來的各色雜誌，隨後揀選出幾本，上樓去了。

「真是沉穩的乖孩子。」媽媽順手將雜誌整理到書架上。

家裡其實經濟狀況在這幾年有些下滑，爸媽也認為該給孩子一個更寧靜自主的環境，就順勢停掉了所有貴鬆鬆的電視頻道，只用電視放映租來的電影。

大多數時間，一家人都是上上網、閱讀、收聽收看網路資訊而已。

「今天的哥哥好安靜喔，應該是在學校遇到啥事了吧？」即使是這麼說，杏兒還是嘟著櫻桃小嘴，一副事不關已的模樣，大啃鹹酥雞。

「放心啦，小灝只是喉嚨痛，不想說話，這我昨天看到他臉書就知道了，班上一堆女生在底下噓寒問暖的呢！」爸爸呵呵說完，繼續狂吃鹹酥雞。

「父女倆真是少根筋……」媽媽翻了翻白眼，繼續回廚房處理養生雞湯的材料。

杏兒吃飽之後，隨手收拾好垃圾。

洗澡前，她想起昨晚披的衣服還晾在後院，便推開後門。

「什麼味道……有點臭臭的，鄰居臭阿婆又偷偷把廚餘丟過來了嗎？」杏兒的秀髮被寒風撩亂，她趕忙收下衣物就要進門。

不料，耳畔卻傳來喀啦喀啦的細碎聲響……

彷彿怪物電影中的惡魔在啃蝕什麼的聲音，杏兒嚇得不敢動彈。

「誰？誰在那裡……」

「爸……」勉強低喚了一聲，家裡沒人聽見，杏兒一手抓門、準備隨時躲回屋內，一手則抱好衣物。

一隻黑色的大狗映入她眼簾。

感受到強光，狗防備地瞪了她一眼。

但，也就只有這點反應。

接下來，狗兒飢餓狂吃地上的垃圾，彷彿八百年沒見到食物一般。牠身上的毛髮被飄下的冬雨給淋濕，側身的肋骨隨著呼吸劇烈起伏。簡直就是一隻骷髏狗，全身黑毛又體型碩大，讓杏兒想起神話中的地獄犬。

想叫卻也發不出聲音，杏兒連忙衝進門內，緊緊鎖上門。

冷靜幾秒過後，她才搞清楚狀況。

經過在廚房與客廳安靜做事的爸媽身旁，杏兒快步上樓——

「哥哥……我們後院有隻狗。」

「為什麼？」小灝問了個杏兒也不懂的問題。

「牠在吃垃圾，好像很餓。」

「吃垃圾？垃圾不能吃啊！」小灝緊張起來，連忙跑到窗邊往下看。

雜草叢生的後院，停著媽媽的機車，外牆是高高的水泥。

「牠怎麼進來的？好可怕，我不喜歡牠在這裡欸。」杏兒求救，彷彿看見蟑螂般，只希望小灝在不驚動爸媽的狀況下把狗趕走。

「後院的門壞掉很久，可能是被風吹開，狗就進來了。唉，都怪隔壁那臭老太婆，老是愛偷丟廚餘到我們這邊。」小灝望著黑夜中猛啃垃圾的狗兒？

忽然間，他的神色警醒起來。

「糟了，我們不能放任牠吃那種東西啊！那是垃圾耶！」眼看狗兒正咬住塑膠袋，小灝三步併作兩步衝下樓梯，直奔後院。

「等等，哥，萬一牠咬你怎麼辦？」

兄妹倆的大動作，終於驚動了爸媽，一群人深怕觸怒這頭大黑狗，默默來到門邊觀察。

「好可憐的傢伙。牠根本瘦死了。」爸爸低聲說。

眼看大黑狗彷彿撕下塑膠袋一角，正要咀嚼，小灝急得大喊：「狗狗，不要吃了！」

「汪！」黑狗警戒地吠了一聲。

大夥兒拿出的手電筒也顯然讓牠很不自在，狗兒站在原地露牙警告。

「其實……我廚房裡面有些還沒壞掉的剩飯，我想給牠吃那個，應該比隔壁鄰居丟過來的餿水好吧？」媽媽悄聲與眾人討論道：「給牠吃飽，應該就會走了吧？」

「嗯，好主意，我們不要去趕牠，萬一被咬就不好了。」

三、命定的緣份

雖說只要給剩飯，但孩子們與媽媽還是忍不住放了一堆爐上剛煮香的碎雞肉塊下去。

在爸爸的陪同下，媽媽戰戰兢兢，端著不鏽鋼舊鍋來到後門。

「我一放鍋、你就關門！」

「好，一定！我掩護妳！」

簡單的餵飯，因為搞不清黑狗的習性，被兩人搞得像動作片場景般刺激。

鍋一放，狗兒就猛步衝來，嚇得爸爸一把將媽媽拉回門內、重重關門！

「呼……」大家都嚇得要死。

隨後，從落地窗瞥見黑狗用餐的模樣，他們才安心地笑出聲。

「我們好誇張喔。」杏兒說：「不過是餵個狗而已……」

小灝聳聳肩，「沒辦法，我們不敢打擾牠，相信牠其實也不想驚動我們。就這樣讓牠吃飽離開吧？」

「可是……外面的雨越下越大了。」杏兒眺著窗外陰沉的雨幕。黑狗正在大快朵頤，鍋中食物飄出陣陣白煙，可見外頭氣溫多冷。

不一會兒，黑狗吃完飯後，就茫然仰望雨勢。

小灝瞧向爸媽，知道他們都仍在掛心。否則，平常這種時間，客廳早已不會有人，大家都回房休息了。

眾人保持沉默，聽著廣播報整點氣象。

「今晚發布寒流特報，凌晨三四點會是最低溫的時候，請北台灣的民眾注意保暖。特別是新竹苗栗一帶的沿海地區，最低溫有機會降到十度，降雨情形則會一直持續到後天早晨。」悅耳的女聲解說氣象，大家的面色卻十分沉重。

「唉，」媽媽率先打破沉默。「剛好遇到寒流，如果我們什麼都不做，那隻黑狗會冷死。」

「這樣吧！我們後門外有個短短的遮雨棚，爸爸晚點去收鍋子、請媽媽再給我一塊不要的墊子，我們看黑狗願不願意躲到遮雨棚下。」小灝提出建議之後，大家也照做。

媽媽找出一塊洗過曬過、卻很久沒用的舊地毯，大家順利到了後門、收鍋放毯。

但大概是不喜歡被關注的感覺，黑狗又在雨中呆立一陣子，才像忽然明白什麼似的，回門口聞了聞。

隨後，黑狗在墊子上邊踏邊轉了幾圈。

「太好了！牠窩在墊子上了，不用淋雨了！」

眾人臉上掛起安心的微笑，終於找到回房上床的理由了。

夜裡，小瀨挑燈夜戰苦讀，到了凌晨一點就寢前，他試著往窗外俯視院子。「那隻狗還好嗎？」

但黑狗的身影恰巧被遮雨棚擋住，什麼也看不見。

「這表示牠有乖乖躲雨，很好。」小瀨熄燈前，又走到妹妹房前巡了一下，確定妹妹裹在大厚被中睡著後，他才結束這疲憊的一天。

而寒流的天氣，持續了好幾天。

大黑狗偶爾會在白天離開，但牠到了傍晚就會自己鑽進後院，聞著門口，似乎在等待食物。

看見牠這模樣，媽媽不忍心，又偷偷端了幾次湯湯水水出去。

但她給黑狗的都是些營養的肉湯，裡頭也都是大家晚間吃的當餐食物。

之後一連幾天，黑狗就這樣自由來去。

「今天牠來了嗎？」這句話成了家人之間的問候語。

不知道為什麼，每天看到牠按時來吃飯睡覺，大夥兒心底就湧起一股安定。

數天過去，終於渡過充滿寒雨與冷風的一週。

天氣稍稍回暖了。

而今天，黑狗沒有現身。

午間時刻，媽媽忙完兼職的網拍工作之後，就在客廳上網聽音樂。落地窗就對著後院，但其實家道中落之後，後院原本停的一台汽車就賣了，從此之後大家為了怕觸景傷情，落地窗的灰色窗簾幾乎是維持半掩狀態。

至於後院的門，早已年久失修、風一大就開開闔闔，配上灰牆和雜草，實在讓人心底煩躁。

原本是使人放鬆的落地窗景，如今卻一團糟。以往或許可以忍受，但透著難得的冬日陽光一看，實在惹人生厭。

「唉，趁那隻狗不在，我去後院整理一下吧？」媽媽將髮絲綁成馬尾，拿出水管、穿戴雨鞋、手套。

「看我統統弄乾淨！」媽媽不但把後院雜草全拔光，也收拾了黑狗這幾天睡的臥鋪。

「好髒啊……拿去用稀釋過的漂白水泡一下。」媽媽忙進忙出，整理了半天，才發現她竟沒看到半點預期的狗尿，連狗尿味也沒聞到。

「難道這隻狗沒有在後院『解放』，還特地跑到外面去啊？看不出小地方這麼精明。牠是家犬嗎？」

無妨，媽媽心想，反正這隻狗兒只是過客。

🐾

回暖的第一天，狗兒沒出現。

「雖有點擔心……不過牠沒來也好。」用過晚餐後，杏兒嬌氣一笑。

「是啊，萬一賴著不走就麻煩了，畢竟就是一隻流浪狗，大家好聚好散也行。」爸爸豁達一笑。

望著媽媽走入廚房、將準備好的狗食收起，小灝皺眉跟了進去。他溫聲問道：「媽媽，狗兒沒來，妳很失望嗎？」

「才不呢！」媽媽瞪大眼睛，故作爽朗地說：「天氣好起來，我也就安心了。」

「我注意到妳把後院整理得好乾淨，謝謝媽媽，這樣真的有過年的感覺了。」小灝正經的語氣，有著藏不住的貼心。

「乖～等你放寒假，我們再一起佈置家裡。先上樓去休息吧，晚點大家都要睡了。」

「沒關係，我下週期末考，還是得溫書到半夜。」雖沒散發出任何怨氣，但小灝這種認份的態度，反而讓媽媽心疼起來。

約是晚間十二點，她端了雞精和一個茶葉蛋到小灝房間。母子倆都還沒聊上幾句，窗外後巷忽然傳出一陣淒厲的狗吠。

「汪汪汪！汪嗚——」半吠半嚎的叫聲雖不算罕見，但緊接著，小灝家的門鈴卻響了。

「我來開門！」爸爸防備地下樓，按對講機的是鄰居胡先生。

爸媽對他的印象是個愛狗人，平常總會牽著自家棉花糖般的兩隻馬爾濟斯出來散步，也會撿狗便，是個笑臉迎人又有公德心的好鄰居。

爸爸這才放心開門。

「你們家後院方才衝出一隻大黑狗，追著林太太兒子的機車猛吠。」

「啊？」爸爸回頭望著一家子，大家面面相覷。

「我們家沒有養狗耶！」

媽媽才把話說完，胡先生又焦急解釋道：「林太太的兒子嚇了一跳，騎車撞到電線杆，現在被送到急診室了……我女兒說她有看到大黑狗也受了傷，一跛一跛地逃走了。」

「所以……」爸爸本想裝糊塗，但擔心的神色，早已寫在全家人臉上。

「那隻黑狗……」胡先生問：「你們平常有在餵吧？」

「嗯……」

爸爸點頭，雙方就這樣釐清了責任歸屬。

爸爸開著中古車載媽媽趕去醫院，要孩子們回房，但一聽到黑狗也受傷，兄妹倆在床上翻來覆去，怎麼都睡不著。

最後，小灝拿著手電筒，來到妹妹房門前告知道：「我現在要出去找那隻黑狗。受傷應該跑不遠，不能放任牠不管。」

「嗯，都一跛一跛了，傷勢應該不輕，不可能會自己好起來吧？」杏兒無奈披上外套。「真拿你沒辦法，我陪你去吧。」

「幹麼一副是我找麻煩的樣子？」小灝回嘴道：「明明妳自己也想去。」

「誰叫我這麼心軟。」杏兒聳了聳肩，可愛的模樣稍微瓦解了小灝緊繃的情緒。

但接下來的半小時，兄妹們挨家挨戶在社區間徒步穿梭，凌晨一兩點的低溫也毫不留情地籠罩在他們身上。

還好，由於鍥而不捨的走動，灝杏兄妹倆早已走得臉紅氣喘，根本不覺得冷了。

「到底躲到哪裡去呢？」杏兒急了。「大半夜的，又不能直接叫牠！」

「是說……我們根本也還沒幫牠取名字。」小灝忽然感嘆，這麼個夜裡，竟要為一隻連名字都沒有的狗兒大費周章。

但既然不知道狗兒的傷勢是輕或重，一想到這隻狗兒孤零零拖著傷軀繼續在夜裡流浪，情緒惶恐不安……

「我們一定要找到牠！」

四、冤家路窄

小瀨又把整個社區巡了第三次時，媽媽打電話來報平安。

「唉，林太太的兒子太誇張了，只不過是手破皮而已，醫院給他照了X光，該做的檢查也做了，還一直吵著要我們賠償三萬元，你們爸爸一時心煩、差點要去領錢給他了，我先去請醫生開驗傷單。」

「林太太她們家真的很惡劣……平常動不動就把廚餘垃圾擺到我們後院不處理，我們才應該跟她收三萬元吧？」杏兒伶牙俐齒地回嘴。

「好啦，媽媽是想跟你們說，狗我們明天再去找，你們應該有乖乖在床上休息吧？」

「有啊！床上好溫暖，哥哥也早就回房睡了。」杏兒臉不紅氣不喘地走在漆黑的暗巷說謊。

「噓……」此時，小瀨暗示她安靜，杏兒便安撫媽媽後掛掉電話。

「怎麼了？」

「妳看那裡……」

小瀨指著自家後院被風吹開的門，門口走出一個搖搖晃晃的身影。

杏兒跳了起來。「是那隻黑狗！」

「妳冷靜，別嚇到牠。」

四、冤家路窄

兄妹倆望著黑狗舉起前肢跛行的模樣，沒想到牠受傷後躲藏的地方，竟就在自家後院。

「原來那人……不，那狗就在燈火闌珊處。」杏兒打趣道。

「牠這樣趴著，看不出嚴不嚴重。」小灝正色說：「但我很清楚一件事，受傷的狗亂跑，對傷勢絕對沒好處……妳能想像一個腳骨折的人，自行一路跑去就醫的後果嗎？」

「好煩，感覺就很痛，我不要想像這種事。」杏兒搖頭。「但光憑我們也無法帶狗去看醫生，至少要等到爸媽回來。」

點點頭，小灝低聲道：「現在我就從外面把後院的門關起來！我們再從前庭進門，這樣黑狗就跑不掉了。」

「砰！」小灝的計劃看似好，但一關上門，他才發現門鎖早壞了，黑狗用力一推就馬上破功。

「妹，妳從前門回家，再從我房間丟童軍繩下來。」

「好麻煩……要做什麼？」

「當然是把這個門卡住，讓狗跑不掉啊！」小灝翻了翻白眼。「拜託快去！」

杏兒嘟嘟囔囔，動作卻很迅速，不一會兒就看見有道白光從天而降。

「啪——」白色童軍繩從二樓窗口呈完美拋物線，墜到小瀨面前。他往窗口的人影比了個讚，熟練打了個繩結，將門卡死在牆邊。

從這角度，黑狗再怎麼往外撞都打不開門。反之，只要人從牆外輕輕抽走繩索一角，繩結就能完美剝落。

「汪汪汪汪！」已經聽到小瀨在門外的動靜，黑狗又是一陣狂吠。

「天啊，拜託別叫好嗎？已經凌晨一兩點了耶……」小瀨抱頭感嘆，只能先回屋等爸媽回家。

等著等著，兄妹倆竟然睡著，等到醒來，已經是晨間六點。樓下傳來炒蛋與烤麵包的香味，不一會兒，也聽到爸媽輕聲說話的聲音。

「我也不是醫生，真的不知道牠有沒有傷得很重。不過，現在有陽光了，光線一照，看得出至少沒有流血什麼的……」

媽媽說完，爸爸叫道：「啊，胡先生應該有認識那種能上門看診的獸醫吧？我等等就去問。」

「先不要啦，才早上六點，再等等吧？」

「爸媽早。」小瀨下樓，後頭跟著睡眼惺忪的杏兒。

「乖，事情都解決了，我們幫林太太家裡出了急診費用，大約一千多元。」爸爸回報完，揉了揉黑眼圈。

「唉，我們真的很倒楣耶！才餵了狗幾天，牠出事我們就要負責！」杏兒憤怒替爸媽抱不平。

小灝聳聳肩。「但，雖然牠是被林太太的廚餘吸引到我們牆裡，但我們多管閒事，也是事實。」

「既然都管到這裡了，也只能繼續管下去了。」爸爸苦笑。

「對啊，其實那幾天，想著每天要給狗兒吃什麼好料的、看著牠乖乖回來睡覺，我心情是挺好的，不覺得多麻煩。」媽媽說出了家裡人的心聲。

「不過……既然都這樣了，至少把狗照顧到牠傷好為止，我們還不至於做不到啦！畢竟那是一條生命啊！」

聽見爸媽這麼說，小灝終於抒了口長氣，安心了。

日光下，眾人往落地窗外看去。黑狗竟然不是全黑的，毛中藏著一斑一斑的金色光點，竟還戴了個看起來滿新的皮項圈。

以前他們從沒發現這些細節。

霎那間，狗兒背後的故事讓大家好奇起來。

媽媽率先問：「會不會其實是有人養的狗，只是走失了？」

「牠一副野狗的樣子，很愛亂吠又追車，真的有人養嗎？」爸爸搖頭。

「現在很多好心人怕流浪狗被抓走，都會替牠們打疫苗、掛項圈……啊！」媽媽振奮一叫。「寵物多半有晶片！晶片上會登記主人或愛心義工的姓名與聯絡方式，我晚點會請獸醫帶晶片掃描機過來。」

等了一整天，小灝與杏兒紛紛放學，終於在晚餐時間，獸醫帶著疲憊的神情登門。

「您好，我是胡先生推薦過來的獸醫，敝姓白。」白醫生是個髮量稀疏、笑容卻溫暖可掬的中年大叔，大概是因為離開醫院了，沒穿白袍、只披著黑外套，手上拿著一個大醫藥箱。這位獸醫是隔壁胡先生推薦的名醫，看診看到晚上才有空過來，小灝一家很緊繃地恭候他駕臨。

「歡迎白醫生來，」爸爸道：「請進！」

「謝謝，請問狗兒在哪裡呢？」

「在後院……被我們暫時留置了。」媽媽回答。

「嗯，對受傷的狗而言，這是很好的作法。我現在就去看看。」

「小心喔，這隻狗可能有點兇，」爸爸一面領著醫生穿過客聽，一面

四、冤家路窄

為難地叮嚀道：「目前觀察到，牠會追車、吠人、護食……昨晚也是忽然跑去追人家的機車才受傷。」

「這些行為都不罕見，有些流浪狗兒是會這樣，但也有乖巧懂事的……總之，在我看診時，可能還是要麻煩您幫忙喔！」

就這樣，白醫生與爸爸一人抓狗，一人看診，終於將咆哮又露牙低吼的大黑狗按在地上。

「汪嗚！咿嗚嗚嗚——」小灝聽到狗兒淒厲又憤怒的叫聲，一時慌了手腳。「好像我們在虐狗似的……」

「不讓牠看診，才是虐狗。」杏兒一句話解決了眾人的焦慮。

「小妹妹說得對，狗兒傷病拖延越久，對牠自己越不利！」白醫生不顧大黑狗又叫又跳，沉穩而迅速替牠套上一個大喇叭般的頭套。

一時被遮住局部視線的大黑狗，稍稍安靜了下來。

「看來只是扭傷，不確定有無骨裂，現在也無法照X光，我先替牠固定前腳包上軟板和繃帶、給止痛藥。三天後我會來拆板子、觀察牠的走姿，若狗兒還是沒有好一點，我們可能要考慮麻醉牠、去做更全面的檢查。」

「喔喔……」眾人努力消化著醫生的話。

「另外，這隻狗野性比較強，這幾天可能會試圖破壞頭套和腳上繃帶……建議你們要看好牠，甚至要注意，別讓牠吃掉繃帶喔。」

「嗯……」爸爸一時無言，媽媽則勉強應了一聲。

難得把大黑狗壓制在落地窗旁這麼久，明亮的燈光輝映出牠的毛色，金箔般的閃光藏在黑毛之間，的確是隻漂亮的狗。

最後則是今晚的重頭戲——白醫生掃了掃晶片。

「有了欸！牠有晶片！」白醫生一呼，眾人驚喜得笑了起來。

醫生打了通電話回診所，念出晶片號碼，請護士小姐協助查詢。

「這隻狗……」醫生複述著電話那頭護士的話，「名字叫『阿金』。」

「『阿金』，真帥的名字。」小瀨與杏兒露齒燦笑。

「阿金……」媽媽摸了摸被壓在地上、因頭套與腳套而滿臉不爽的阿金。

「取名的人，一定也發現牠的特殊毛色了吧？」

就在大家期望診所護士回報出飼主身份之際……白醫生卻臉色微垮，掛了電話。

「電話那頭的飼主沒有接電話呢……撿到狗卻聯絡不上，最麻煩了。」

「那……」爸擦去額間冷汗。

「有時是飼主聯絡資料換了，有時則是惡意不認狗。總之，現階段我們只能等了。若一直聯絡不到飼主，我們醫院也無法介入。」白醫生像是遇過類似糾紛似的，避談這個話題。

爸爸付給醫生上門診療的加價費用，共三千多元。

送走醫生之後，一家人望著後院暴怒甩頭的阿金。

「有種好像走上不歸路的感覺，我們竟就這樣繼續收留牠了。」爸爸幽幽道。

「沒辦法，至少等牠傷好吧！」媽媽苦笑。

「嚎嗚嗚嗚嗚──」阿金非常不滿前腳被包住、頭又被罩上頭套，因為無法碰觸到自己的傷腿，牠又蹦又跳，不時嚎叫抗議，還瞪視著落地窗裡的一家子。沒多久，鄰居就派了員警，按鈴關注……

小瀨與杏兒不知如何使阿金安靜下來，只好先餵食牠大量的食物。大概叫累了也吃飽了，一時間倦意襲來，阿金終於回到媽媽新放的墊子上歇息。

「原來安靜的滋味，這麼美妙……」小瀨感嘆地回房，這才有心思開始複習期末考。

往後的數天，阿金比平常更煩悶暴躁。

後門被關起後，牠無法再來去自如，嚎叫發洩的頻率也比往常更高了。

就在每天的噪音攻擊中，小灝與杏兒也咬牙渡過了期末考週。

而她們最期待的日子，其實並非寒假第一天，而是白醫生再度複診的日子。「大家好。我來幫阿金拆套子了，哈哈！」

「拜託醫生趕快拆，」小灝苦笑。「我覺得牠快發瘋了！」

「我們家也快瘋了，」杏兒翻著白眼。「被警察上門關切好多次了。」

雖才是第二次見面，兄妹倆幾乎用救命恩人的神情圍住白醫生。「好的好的，哈哈哈！」醫生才隔著客廳的落地窗看見阿金，就露出微笑。

「哇，看來牠真的沒骨裂啦，這幾天限制牠行動，牠才好得這麼快。」

的確，看見阿金又跳又叫，根本與受傷當晚縮著腿跛行的慘樣判若兩「狗」，一家子興奮期待，替醫生壓住阿金、讓他完成診療。

「嗚汪汪！」被脫去頭套、剪開腳套的阿金瞬間如脫韁野馬，先是在後院歡天喜地狂奔三圈，隨後竟然……

「汪！汪！」面對著白醫生與一家子，牠搖了兩下尾巴。

完全不懂是興奮抑或感激，眾人只是很欣慰看到阿金如此開懷的模樣。

況且，牠沒露牙也沒咆哮。

「狗吠叫原因有很多，亢奮、焦躁、高興、警戒都有可能。但我會建議，阿金這種活力充沛的類型，最好可以試著固定時間帶牠出去運動消耗體力、或讓牠玩益智玩具消磨時間，買些耐咬的磨牙玩具給牠抒壓，也可以。」白醫生瞧向茫然的眾人，這才苦笑道：「前提是……你們打算留牠下來養的話啦。」

「抱歉，醫生，我們並沒有這打算。」爸爸為難地擺擺手，瞧向媽媽。

「是啊，醫生，我們只是想等牠傷好了，就讓牠自由來去……」

小灝與杏兒沉默不語，但白醫生從他們依依不捨的複雜神情中，看出了端倪。

即使如此，他只客套一笑。「我知道了，你們已經為這隻狗做很多了。總之，我會請醫院再聯絡晶片名義上的飼主。但若聯絡不到，建議你們去網路上張貼尋主啟事，多半會有用。」

小灝與杏兒懵懂點了點頭，後院的阿金則繞著後門，一臉氣急敗壞想離開的模樣。

送走白醫生、又付了一筆醫藥費，爸爸打開手機的記帳軟體嘆息。「人家都說『狗來富、貓來起大厝』，我怎麼覺得越來越窮了……」

「別這樣，施比受更有福，有幾分錢就出幾分錢嘛。」媽媽說：「我下個月伙食費抓緊一點，大家別吃什麼牛肉之類的昂貴食材就好……」

小瀨也說：「對啊，少吃點就好。」

貪吃的杏兒覺得委屈，但聽見哥哥這句話，仍附和地點點頭。

隔天就是陽光普照的週六，寒假也即將開始，孩子們心境變得悠閒起來，在陽光下替阿金拍照、準備貼上網路。

但只拍到一張趴姿的照片，阿金就暴跳如雷，激烈的模樣讓兄妹倆紛紛逃出院子。「哇啊啊啊！」杏兒幾乎嚇出眼淚，小瀨則忙著檢查手機中的照片是否拍清楚了。

「我想牠應該只是閒得發慌，精力太旺盛了。你們如果沒事作，就騎腳踏車到寵物店去買條繩子，帶阿金出門散散步。」媽媽在廚房裡忙著準備年菜食譜，連忙打發孩子們去忙。

小瀨與杏兒雙雙騎了二十分鐘的車，來到市區寵物店。

五花八門的各色商品，光是遛狗用的「牽繩」就分好幾種，還有一堆樣式奇怪的繩帶掛滿全牆，十足氣派，卻讓她們非常困惑。

四、冤家路窄

「嗨，你們想要找什麼商品嗎？」親切的寵物店大哥哥問杏兒，小瀨則一個人悶著頭研究，不肯過來。

聽了杏兒的分析，店員哥哥先是稱許他們的善心，隨後指著牆上幾樣設計特殊的牽繩。「聽起來你們家阿金個性比較激動，可能有暴衝的壞習慣。」

「『暴衝』？什麼意思？」

「就是不受控制、會猛扯繩子，只想去自己要去的地方，完全不管主人想牽牠去哪……」店員怕惹小客戶們不開心，苦笑解釋：「我的意思是，暴衝的狗散步，都會累到主人。這款防拉牽繩有彈性設計，不會傷主人手腕。另外那款防暴衝的胸背帶，可以套在狗狗身上，以免牠一直拉項圈、傷到自己的脖子。」

「好像有必要……」杏兒立刻被說動了。

店員一面替她選擇商品的尺寸，一面溫柔微笑：「帶回去標籤先不要拆，如果尺寸不對，都可以退款的。」

「這樣就好。」小瀨也放下防備的心情，接受店員的好意。

兩人幫阿金選擇藍色的胸背帶，畢竟牠個性已經太火爆，配上紅色，感覺更上火。

除此之外，兩人本來想失心瘋地選購更多寵物用品，但口袋中的鈔票就只有那薄薄幾張，只好作罷。

結帳時，店員哥哥熱心地問：「你們這隻狗是撿到的？」

「對啊，真希望牠主人快點現身，否則我們好麻煩喔。」小瀾亮出自己手機上的臉書畫面。

「我臉書有很多愛狗的朋友，我替你轉發！這種事，就是越多人知道越快。」店員哥哥微笑。「我叫大翰，我看你們都挺有愛心的，以後有什麼問題也可以來問我。」

兩人受寵若驚，大翰也拿出手機，用寵物店的粉絲團帳號轉貼阿金的尋主啟事。

「另外，我總覺得好像在哪裡看過阿金的照片……」大翰提議：「你們也可以去附近收容所的志工粉絲團翻翻舊圖文，搞不好阿金是從收容所領養出來的，但被惡意棄養或走失……總之，聯絡志工吧！他們應該知道的會比我們多。」

大翰的建議，讓兩人收穫滿滿。

五、死灰復燃

他們興奮地騎車回家，拿出牽繩與胸背帶，想替阿金穿上。

「啊嗚嗚！嗚汪汪！」阿金一看到繩子就暴躁得狂跳、頻頻閃躲。

兄妹倆試著圍住阿金，找來媽媽幫忙，阿金卻越發激動，縮到牆角露牙警告。

「傻眼，錢白花了……直接退貨吧！」杏兒積忍多時的怒氣爆發。

「沒辦法。」媽媽說：「這幾天阿金沒出去，大小便也都在院子解決，你們幫忙清理一下吧！」

兄妹倆無言了，聞著屎尿的惡臭，小灝也一時負面情緒爆炸。但他僅將怒氣發洩在刷子與水管上，使勁刷洗地面。

阿金倒是聰明地躲到落地窗外的階梯上，抖著乾爽的身子，冷眼望著兄妹倆賣力清理院子。

「這隻狗……真的快氣死我了！你不知道我們都是為你好嗎？」杏兒嬌氣地雙手扠腰。

「牠就是不知道，沒辦法。」小灝搔搔頭。「這樣下去不行。我等等就去收容所志工粉絲團詢問，到底有沒有人知道阿金的主人是誰。」

「可是……」媽媽為辛勤打掃的兄妹倆端來水果。「阿金這模樣，很

五、死灰復燃

顯然沒有在管教，原飼主大概也是放任牠自由來去，連牠走失都不知，除此之外……晶片資料上的電話還打不通，把阿金還給這樣不負責任的主人，真的好嗎？」

媽媽理性的溫柔語氣，讓小瀾與杏兒氣餒得啞口無言。

「也是，若是在不明究理的狀況下急著把牠處理掉，也很不好。」小瀾嘆息。

「不過，牠的主人還是有義務知道牠在這裡。」杏兒動了動因勞動而發痠的肩膀。「我們還是要聯絡對方。」

看見一行人拿著各種器具進入自己的地盤、好不容易又終於回屋，阿金一時安了心，卻也無聊，就開始啃著自己的腳。

牠一啃就是兩三小時，直到一家人費了九牛二虎之力又讓牠戴上頭套，阿金這才放過自己紅腫的腳掌。

「唉，到底該拿這隻狗怎麼辦才好啊……問題真多。」一家人愁雲慘霧之際，小瀾在收容所志工粉絲團上翻到了一則訊息……

「啊！這是以前阿金進所時的照片嘛！原來也不過是一個多月前的事情，看來牠原本還真的是隻野狗，只是被好心人帶出。」

一家人都圍到小灝的手機前。

「網路文章上說什麼阿金『穩重安靜』……」爸爸無奈大笑。「根本不是這樣嘛！」

「別這樣，至少這些圖文，救了條貨真價實的命。」媽媽說。

就在志工的圖文下方，有位號稱自己要帶出阿金的「蔡玉佳」女士，獲得了很多讚。

「看來狗真的是這位蔡女士帶走了。我們有禮貌地問問她。」小灝想了想。「先別提起白醫生打電話聯絡不上的事，以免觸怒對方。」

「是啊！」爸爸流露出佩服的表情。「還是我兒子聰明。既然不知道對方底細，還是先友善點詢問吧！我看這位蔡女士的臉書，也已經養了很多狗兒，應該是個善良人啦。」

小灝發了臉書私訊詢問玉姨，但未獲回音。

忙了一番，還是無法順利帶阿金散步，小灝改找寵物店店員大翰。

「對不起打擾你了，狗兒不肯被套上牽繩。我們改替牠套胸背帶，還想咬人耶！」

「可能牠這輩子只用過牽繩配上項圈的組合，對於這種個性激動的狗，可能要用食物慢慢耐心引導。你們可以試試看。」大翰還傳了一份網路訓犬師的牽繩散步教學。

「我就不信這隻狗帶不出門！」小灝看了鉅細靡遺的資料，頓時鬥志大增。

「來，我來看看……如果只是扣上牽繩這動作，不會很困難啊！」爸爸也振奮一笑。「我抱住阿金的脖子，你們拿牽繩扣到牠的項圈，一個小動作而已。」

「嗯，照網路教學，大家不需要發出任何安撫聲，因為這類的激動狗兒，若聽到人們說話會反應更大。每作對一個小動作，我們都給牠一小塊零食，讓牠看到牽繩、就想到有零食可吃。」

「還好有買狗狗零食，人的零食可不能隨便給狗。」杏兒從寵物店的紙袋中拿出一小包肉乾，期待地笑笑。

就在這股「不信邪」的積極氣勢下，眾人安靜來到後院。

少了平常激昂的「阿金乖」、「別怕」、「這都是為你好」等七嘴八舌命令，阿金雖滿頭問號，但大致上來說還算冷靜。

「別用蠻力喔！」小灝提醒著一旁準備抱住阿金的爸爸。

媽媽與杏兒則往地下丟出小塊小塊的零食，就在阿金低頭防備嗅聞的同時，牠也深受美食的漸進式誘惑。

「喀！」當牽繩成功扣進阿金的項圈時，牠這才後知後覺地往後跳。

「來，別怕。」小灝持續輕輕牽著阿金，杏兒與媽媽則繼續在通往後門的道路上都放了零食。

阿金貪婪又少根筋地聞著、吃著，直到爸爸移除綁住後門的繩結……頭也不回，阿金開心地奔出後門！

「哇喔喔！」小灝差點被牠拖倒，一旁的爸爸連忙遞補上、緊抓住阿金的牽繩。

「呼呼呼呼……」阿金不顧項圈被往後扯著，大聲喘氣。

牠使出渾身怪力狂奔，吐舌躍進風裡。

面對久違的街景與終於能自由放開奔馳的廣大空間，阿金好是激動。

杏兒露出被感染的笑容，一群人跟在爸爸與阿金後頭跑。「天啊，牠也變得太快樂了！」

「我可是一點都不快樂！」後頭苦追的爸爸大叫。

雖然阿金的確處於暴衝狀態，一路橫衝直撞地撒尿作記號，但看牠雀躍狂奔的模樣，眾人都明白……

這幾天，牠的確是悶壞了。

「總算是稍微突破了一小步……至少牠不怕牽繩了。」媽媽跑得臉紅氣喘。

「是啊！」杏兒也振奮道：「倘若照其他訓狗教學一樣慢慢來，也許阿金真的能變乖也不一定！」

可惜，這短暫的一小步勝利，卻讓眾人更加誤解阿金。

🐾

阿金現在看到牽繩不害怕了，杏兒與小灝也都陪牠去早晚散步。

然而，每次阿金一看到牽繩就興奮得狂跳，不折騰個十分鐘，根本無法出門。

「先前是太怕，現在是太開心，真的好煩喔。」小灝傻眼。

再說，阿金表現興奮的方式除了狂跳繞圈之外，還會想試著咬人的衣服。有次咬住杏兒的衣角不放，一會兒又追在她後頭，嚇得杏兒哇哇大叫。

「乖，坐下！」小灝雖是比杏兒沉穩許多，但獨自要遛這麼大一隻激動的狗兒，他仍是非常無奈。

況且，每次遛狗，小瀨覺得自己根本是「被遛」的那方，他只能無助地一路跑在阿金後頭。

「慢！阿金，慢慢走！」

阿金就像發了狂似的，永遠只走自己要走的方向，一路狂扯項圈、猛拉牽繩。一身怪力搞得牠自己也發出氣喘連連，更把小瀨操得快要虛脫。

即使用了防暴衝拉繩，阿金的拉力還是非常驚人，小瀨每次遛狗都全身痠痛地返家。

「唉，骨頭都快散了。」

偶爾晚上爸爸有空，便會陪小瀨一起遛狗。但看到父子倆努力拉狗、雙腿急煞車的模樣，社區裡的鄰居不是紛紛走避，就是出聲嘲笑。

「小心喔！不要跌了個狗吃屎，哈哈！」

「嘻嘻，到底是狗遛人、還是人遛狗啊？」

久而久之，爸爸也總是遛出火氣，會大力拉扯阿金，阿金也會因為散步步調被打亂而露齒低吼。

在小瀨的心中，遛狗應該是像鄰居胡先生每天帶著兩隻小馬爾濟斯那

五、死灰復燃

樣——悠閒輕踱，東聞聞、西嗅嗅，若遇到轉彎或危險也乖乖順著主人走，而不是像阿金這樣從頭衝到尾。

「這樣下去不行，養這隻狗就像在自找麻煩，不但帶不出去，偶爾晚上還會長嚎引來警察關注，丟臉死了。反正牠傷也好了，你們若是不研究出一個方法來，我只好把狗帶去山上放生了。」爸爸氣餒至極，已經不是第一次說出這種話。

「你那不是放生，是棄養。」媽媽邊說邊瞪爸爸，但其實這一家四口，誰沒被阿金搞得想放棄過？

小灝爬了許多網路教學文章，有些說東，有些說西，小灝與杏兒像無頭蒼蠅般，試了兩三天就放棄了。而別說買抒壓玩具了，爸媽看到阿金連遛狗都不乖，更不肯投資更多錢在阿金身上，全家人一談到阿金總是很灰心。

在大部分的時間中，阿金也總是背對著落地窗，彷佛不想與人類有瓜葛般。牠吃飯的狀況也很糟糕，若媽媽慢點放碗，牠就露牙低吼，總讓媽媽匆匆放下碗就跑。

在爸爸的最後通牒下，小灝請寵物店店員大翰介紹一位訓犬師。

「她首次到府評估，只要車馬費五百元。我鄰居家的狗，每天晚上半夜都狂吠，被她指導之後就好很多了！」

「好啊，這五百元我自己來付，我只想知道，我們到底有沒有機會寧靜開心地養這隻狗！」小灝瀕臨崩潰，就在小年夜的前一天，說好的老師終於來了。

她叫瑪老師。

「希望我去講課時，是府上全家人都能在，否則我無法跟你爸媽溝通。」這位瑪老師，先前在電話中就讓人感到有些難搞，小灝好不容易在她說好的時間召集家人，引頸期盼。

連準備年節菜餚的媽媽，都特地放下手邊工作，從廚房出來。

六、狗醫生之路，啟程

瑪老師貌不驚人，個頭矮小黑皮膚，但有雙炯炯有神的美麗眼睛，她身著長褲與運動鞋，神態自在中不失禮貌。

本來聽到訓狗師，爸媽還以為是個手持細杖、雄偉高大，半魔術師、半馴獸師的人物。

「您們好。先說好，我不是要來訓練狗狗，是要來訓練您們的。」

「什麼！」爸媽面面相覷。

「妳是說，狗不乖都是我們的問題？」爸爸說：「先說好喔，牠可是一來我們家就這樣了！」

「不，我並非此意，而是……若您們願意改變並每天堅持，狗狗才有進步的機會。」瑪老師不卑不亢地淺笑解說：「狗兒的行為問題，與環境、人、自身習慣都有很大的關係，所以我才堅持第一堂課要親自到府上來視察。」

「怎麼好像很高高在上的模樣……」媽媽問小灝，「她應該不是騙子吧？」

「人家在網路上很有名的，我預約了快兩週才好不容易擠到候補，今天是她硬擠出時間幫忙的……」

只見瑪老師聽到他們的竊竊私語也毫不在意，逕自端詳著落地窗外的阿金。

「牠對你們的世界不感興趣，視線一直落在牆上的那道後門呢。」

小灝苦笑道：「是啊！阿金連吃飯都兇我媽，也不肯跟我們親近，散步也只管自己。其他的問題就跟我在網路上說的一樣，您都瞭解的。」

「瞭解，其實真的要多給牠一些時間。我看你們的描述，阿金是被捕到收容所的、沒多久就到你們家。這中間大概發生了很多我們難以揣測的事，對牠而言一定也不好受。」瑪老師換了個積極的笑容。「沒關係，我接下來一一評估，首先就來解決牠吃飯的問題，其實這叫做『護食』，可以說是狗的一種心病。牠以為自己會沒飯吃、也誤會你們在跟牠搶飯吃，所以才會用威嚇、甚至咬人的方式催促放飯。但，狗怎麼想並不重要。只要人類做對，問題就會慢慢改善。」

「哦哦！」媽媽猛點頭。

瑪老師拿著自己帶來的圓粒狀狗飼料。

「現在開始請不要給牠吃人食，用飼料比較好訓練。人食只能吃沒調味過的，是等狗兒有慢慢進步之後，再給牠有『升級』的感覺。」

「這樣啊！用飼料我反而方便很多。」媽媽很是同意。

「這階段我們要教導牠『尊敬』人的手，要知道我們的手是『給予食物』的手，不是搶奪、攻擊牠的手。這段期間別罵牠或說一連串的指令，因為牠不懂。」

只見瑪老師竟大膽地蹲在地面、手掌中放著三顆飼料，眾人超怕她被咬，連忙在後頭嚴陣以待。

阿金先一臉困惑，隨後仍露牙低吼，眼看牠的狗嘴就要伸過來……

瑪老師維持手掌往上、低舉平伸，完全面不改色。

「啾啾……」阿金用鼻子狐疑地聞了聞掌上的食物，隨後舔食入口。

「狗看到食物這麼小顆，不會嘶咬，那樣只會吃到空氣，牠明白我的手不是食物，而我手掌姿勢對牠來說並沒有惡意，也不容易被牠咬到。」

「來，裝食物時，狗容易不耐煩而發動攻擊，這時請站起來裝食物。但裝完，一樣是慢慢蹲下。」瑪老師繼續往手中放了三顆飼料。

阿金上前，平靜地舔掉食物。

「誰要試試看？」

接下來，全家人都照做了一次，阿金只有在等待食物時較為焦躁。

這時，瑪老師拿出一個響板。

阿金發現等不到食物、又吃不到食物，便順勢仰頭坐下。只要牠一往後坐，瑪老師就會立刻敲響板，蹲下、攤掌、賞牠飼料。

「『喀』、食物——『喀』、食物——記住這個節奏！『喀』是獎勵牠乖的那瞬間，久了牠就會記得先坐下、才有得吃。其實牠不懂『坐』這個指令，只是因為想自行縮短等待食物的時間、加上牠仰頭看我們裝飼料的姿勢使然，很容易就坐下了。」

「真的欸！」就在眾人練習餵食阿金的同時，瑪老師不斷用響板記錄阿金作對的瞬間。

「『喀』、『喀』、很好。」阿金做對的頻率越來越高，根本也忘了要露牙咆哮。

「其實阿金很聰明！牠已發現只要自己先靜坐，食物會比牠大鬧時更快發放。再說，牠已對響板聲有了記憶，以後你們持續練習，就能幫助牠強化自己正確的行為喔！」

瑪老師的短短幾個步驟就像魔術師一樣，一旁的爸爸深怕自己忘了，拿出手機錄影，媽媽也連連點頭。

「注意，不要用碗，現階段寧願慢慢餵牠，一方面也消耗牠的體力。狗狗在被訓練時需要很專注，比散步走十圈還累。阿金算是一隻貪吃的狗，這樣的狗有誘因、自然有進步的動力了！」瑪老師連連誇獎阿金。

杏兒感到不可思議，對小灝露出驚喜的笑容。

「日後，你們可在牠吃飯時作家事、交談走動，讓牠相信周遭的人都不會跟牠搶食。如果之後牠更平靜，可以用高級一點的水煮肉片、或零食獎勵牠，幫牠升級獎品的內容，甚至可以撫摸牠。但切記，對這種防心很重的狗，千萬不要摸狗頭。摸頭時，狗因人手在牠視線死角之外，會感到很厭惡、因而開咬。」

瑪老師解說到此，雖已快超過預定的時間，她仍耐心友善地保持微笑。

「接下來，我們來談談『散步』的問題吧！其實這也可以用零食訓練。」

「我們本來完全無法替牠上牽繩，後來哥哥看了網路文章，才慢慢用零食讓牠不討厭繩子。」杏兒說。

「很好啊！這動作其實叫作『減敏』——減少狗的敏感心態，用漸進的方式鼓勵狗兒去做『對的事』，而非制止它做錯的事。等牠一冷靜我就敲響板，給零食、上牽繩。但散步得花更多時間練習，我今天只能提醒你們一些重點，後續要請你們之後自行練習，或帶狗來上課了。」瑪老師微笑。「當然當然，老師請說吧！」爸爸掛起積極的笑容，也拿出牽繩。

「讓狗狗乖乖散步的兩派方式，一種叫『腳側隨行』——讓狗狗完全配合人的腳步移動，但可能會影響到狗嗅聞探索的樂趣，我自己並不要求一定要這樣。」瑪老師換了個輕鬆的表情說：「第二種叫『鬆繩散步』——即是讓狗狗自己注意到牽繩的張力放鬆時，牠都可以在前、在側、在後去嗅聞、移動。狗輕鬆，人也輕鬆。」

「對對對，其他我都不強求，只求阿金別再扯繩子！」小灝拿著之前買的胸背帶急問：「要怎麼做呢？」

「來，你們的這款胸背帶，可以等幾個月後牠上手了再使用，狗走起來會比較舒服、不會喘到咳嗽。現階段，阿金因為訓練還不紮實，暫時先仍使用項圈與繩子，會比較好控制牠頭的方向。」

「嗚嗚！」阿金一看到牽繩就如往常般亢奮狂跳繞圈，根本靜不下來。

「阿金，坐。」瑪老師重複下著指令、如方才放飯般拿高零食，此動作維持了五分鐘，阿金一頭霧水。始終等不到牽繩的牠，邊仰望零食、邊坐下。「喀！」瑪老師就在阿金坐對的這瞬間、敲了聲響板，才餵食獎勵牠、扣上牽繩。

「我們要讓狗知道，安靜才有好康。像這樣慌慌張張地套牽繩，其實對人對狗都很危險，不只容易絆倒，還會養成牠催促人的壞習慣喔。」

「原來如此，只要有耐心先等牠自己靜下來，再做牠需要的動作。」媽媽恍然大悟，抄著筆記。

眼看被扣住牽繩、阿金又開始在瑪老師旁蹦跳，但她仍不急不徐地解釋：「現代人啊～步調都太急了，很討厭被催、但只會把事情搞得越來越急。其實，散步應該是很放鬆的事。當我說可以出門，狗才可以出門。出門這個動作是主人允許才能進行，不是狗逼著主人去做。」

又等了兩三分鐘，阿金嗚嗚催促，一臉疑惑地停止躁動後，瑪老師才氣定神閒地推門。

「啊啊，牠又開始拉繩子了！」杏兒感到頭痛。

「對，狗會不斷試探主人底線，因此你們全家的態度都要一致，不可有僥倖心態！狗不對，就做到牠對為止。特別是阿金這種不熟悉都市生活的狗兒，更要嚴格喔。」瑪老師任憑阿金怎麼拉扯，就是不移動腳步。

只有當阿金疑惑地放慢速度、牽繩變鬆之際，瑪老師才開始走動。

就這樣走走停停，看得出瑪老師牽得很累，但她沒有一次讓阿金得逞，絕不讓牠拖著走，永遠都是牠不再拉繩時，她才移動。

「有一種牽繩叫『多功能牽繩』，可以讓飼主如掛值星帶那樣斜背在身上、空出雙手。此外，若力氣比較小的飼主，也可以用這種方式駕馭大狗。當然，回歸訓練還是最基本的。」

看見阿金不時回頭關注瑪老師的模樣，眾人感到很新鮮又不可思議。

「沒想到這臭傢伙，竟然會注意遛狗人！」小瀨嘆道：「平常牠根本沒把我們放在眼底。」

「那是因為大家都太寵阿金啦！其實在這種基礎觀念都不懂的狀況下，寵牠就等於害牠。」瑪老師苦笑道。

小瀨下結論道：「總之，牽繩一被牠拉緊，我們飼主就立刻止步，等狗兒自己知道慢下來注意主人，我們才順著狗的意思繼續走。」

「對，這樣下來，狗知道硬拉沒用，自然會自己注意牽繩緊不緊，這就是所謂的『鬆繩散步』。」瑪老師面對此刻慢慢進步、不再暴衝的阿金，露出稱許的笑容。「其實阿金非常聰明喔！只是也有點狡猾，懶得照你們的規矩作，只希望你們配合牠。我們要堅持原則，不可以被牠的耍賴打敗。」

眾人猛點頭，幾乎想要鼓掌感謝瑪老師了！

「久了牠就會知道，鬆繩散步一樣能達到牠的目的，而且不會一路都繃緊繩子和項圈，搞得牠自己也很喘很累。」瑪老師很客氣，只留下名片和一個課程的訓練單就匆匆離去。

課程單寫著「狗醫生訓練課」，一家人圍著桌上的傳單面面相覷。

「什麼意思啊？我們只是想要阿金學規矩，並不是要牠當醫生啊！」爸爸搔搔頭。「再說，狗能當醫生？」

「我也看不懂耶。不過，或許這個課程是想『當狗的醫生』，幫牠們治療行為問題吧！」小瀨推敲完，眾人都恍然大悟地點點頭。

「你們看！」媽媽驚奇地瞥向落地窗外倒地趴睡的阿金。「牠好像學得很累，已經在墊子上睡著了呢！」

「唉，聽說這個年假會很冷啊，阿金在外頭沒問題吧？」小瀨問。

「其實……我同學家的狗都養在室內，大家也都相安無事。」杏兒亮出手機中同學家的寵物照片，裡頭有超大隻的哈士奇、有柯基牧羊犬、也有體型中等的長毛白色米克斯混血狗，大家都睡在沙發或地板上，不吵不鬧不搗亂。

「這都是家教很好的狗吧！阿金連散步都要人家教，進來家裡萬一亂大小便就慘了。」爸爸猛搖頭。「我當初只答應要收留牠一陣子，你們倒是造反了！要我花錢讓牠去上課！還說要讓牠住家裡！」

小灝與杏兒被說得靜默，也很難想像阿金真能乖巧待在室內。

「小灝還沒聯絡到那位收養阿金的阿姨嗎？對方也真是的，就會上臉書炫愛心說自己救狗出收容所，卻到現在還不理我們，這算棄養了吧？」媽媽掛起緊繃的怒容。

「這……我雖然有私訊給她，但她一直沒回應呢。」小灝摸摸鼻子。「這陣子就再麻煩大家了，如果真的不能養牠的話，我會另外發文幫阿金找主人的……再不然，就只能送去狗園了。」

回過頭來，家人們又望著這張狗醫生的傳單發愣。

「大家就先照瑪老師教的做。等過年後，阿金若真有改善，我們就考慮要不要去上課吧！雖然上課要花錢花時間……但阿金還真的就是這麼隻麻煩的狗，若有機會改善牠的問題，那也值得一試。」爸爸無奈說完，孩子們正要放心露出笑容……

「別高興得太早喔！如果過年這期間阿金不好好表現，我一定送走牠！」爸爸眼神流露出一股狠勁。

畢竟，阿金來的這幾週幾乎天天夜嚎，吵得本來就有失眠問題的爸爸日漸憔悴。他情緒有些起伏，也在大家的預料之中。

「希望阿金真的能變乖，不……首先，我們飼主也要懂得怎麼讓牠乖才對。」小灝今天看到阿金在瑪老師跟前的表現，雖仍不到可圈可點，卻充滿潛力，牠望著瑪老師的眼神也比往常晶亮聰穎、試著努力瞭解人類要牠做什麼。彷彿在暴風雪中看見一絲陽光般，小灝相信自己，也相信阿金。

至於家人們反覆又矛盾的態度，既然非他一時能掌控，小灝只能祈禱，阿金能越來越穩定，成為一隻家庭寵物該有的模樣。

「哥哥……阿金沒問題吧？」杏兒低聲靠到他肩上。「其實，我一直覺得阿金真的是一隻野狗，跟我同學家裡那些乖乖的毛寶貝根本不是同種生物……但今天，我看到牠竟然會出現聽話的樣子，覺得超不可思議！」

「是我們不知道怎麼讓牠聽話，該被教育的是我們才對。放心，那些專家都是真的專家，妳也看到了，只要我們飼主願意花時間花耐心教導，阿金一定可以變成我們理想中的樣子。」小灝溫聲說完，對杏兒露齒一笑。

七、難熬的年節

今天就是除夕了。

往年慣例都由爸爸租車載全家人回中部爺爺奶奶家，吃年夜飯。

「今年多了阿金……壓力真大。不知道牠一個人在家，能不能乖乖的？」爸爸大清早就擔心到現在。

雖每天全家人都認真執行以手餵食與鬆繩散步的訓練，阿金也的確有進步，但距離真正的完美，仍有一大段距離。

站在前庭小花園中，媽媽羨慕說道：「胡先生他們只要出門，都帶著兩隻馬爾濟斯一起呢。她們剛剛出門了，狗狗文靜坐在安全運輸籠中，浩浩蕩蕩的。」

「唉，我們家阿金哪帶得出去……別丟臉就好了。」爸爸猛搖頭。

三不五時，一家子會隔著落地窗瞧瞧後院的阿金。

但牠從沒正眼瞧過家裡人，不是緊挨廚房的側門等放飯，就是望著後院的門發愣。

彷彿進不進室內，對牠根本沒差似的，踋得很。

「又不是我們不把牠當家人，而是阿金只把我們當作放飯和放風的。大概以為自己是囚犯吧！」杏兒嬌氣道：「搞不好還在想：『我怎麼會被困在這裡了』？」

語畢，父女笑成一團。

「妳又不是牠，少在那裡講東講西。」小灝聽了不是滋味。偶爾要面對家人的酸言酸語，雖是玩笑話，但仍讓他覺得很煩。

「走，阿金，我們去散步！」

看到牽繩，阿金先是蹦跳了幾圈，隨後，瞧見小灝不動如山，阿金才又乖乖坐下。

「嗯，好乖。」一坐下，小灝才扣住牽繩，推門帶阿金去散步。

「接下來的八小時我們都不會在家，你如果想尿尿大便就趁現在喔！當然……若你真憋不住，上在後院就算了，不會被處罰。」

阿金回頭用涼涼的眼神注視小灝，也不知道聽懂了沒。

隨著年節將至，社區也湧入不少沒看過的人、沒見過的家庭，大概都是要來吃團圓飯的。

小灝望著熱鬧起來的社區，邊閃車、邊遛狗。

他倒是很開心阿金學會了鬆繩散步。

畢竟很多飼主都不想學習這個技巧，又不願拉得手痛，就放任狗兒獨自外出，不僅對附近的人車狗都成了打擾，更容易招來危險。

「唉，能這樣靜靜在社區散步，是我幾天前根本預料不到的事。阿金，你真的有慢慢進步！」

阿金仍邊走邊緩緩嗅聞，滿足地享受著遛狗時光。

牠學會了一用力扯繩、反而會讓飼主靜止不動，因此總是維持著鬆繩狀態，放慢速度。

轉角來了一輛車，車上走下一群有男有女的大學生。

「哇，好帥的狗狗！而且牠滿乖的欸！」一位男大生對阿金微笑。

雖然阿金毫無反應，但小灝第一次聽見自家狗兒受到肯定，心底瞬間浮起感動。

「嗯，謝謝！我有教牠。」

「啊，拉奇！不可以！」轉眼間，有隻掙脫牽繩的小棕狗也從車上躍下、朝阿金直衝而來。

「啊啊！小心！」男大生急得想抓自家狗，小灝也連忙拉住阿金，深怕牠一咬，對方就沒命了……

低下頭，只見阿金沉著地彎腰聞了聞小棕狗，雙方互聞屁股、繞了兩圈。

什麼壞事也沒發生。

「哇，你家大狗真的滿乖的！」

面對比自己個頭小上五倍的狗兒，阿金很是友善，還搖了好幾下尾巴，隨後就雍容大度繞開，繼續散自己的步。

眼看小灝沒跟上，牽繩一緊，阿金又自動停了一下才繼續走。

而小灝仍處在方才驚訝的衝擊之中。

「原……原來阿金會搖尾巴……」

「你家大狗真酷，很大氣耶，像狗王一樣。」後頭的男大生抱起自家狗，仍在誇阿金。

「哈哈，沒這麼誇張啦……謝謝你。」

完全沒看過阿金如此溫和的一面，這也是小灝初次看見阿金與其他狗兒相處的情形。

本以為牠又會像看到牽繩與食物那樣激動撲跳，但反應竟是如此自然成熟。

「搞不好……阿金的確是隻見過世面的狗，就是沒跟人一起住過，才會這個樣子。」

小瀨對阿金背後的故事越來越好奇了。

望著阿金平靜嗅聞地面，邊慢慢往前走的模樣，小瀨心底湧起一股激動。

「阿金啊，哥哥相信你，你沒爸爸和妹妹說得那樣糟。」

他蹲下來，從正面撫摸著阿金的脖子。

雖然一頭霧水，但阿金並未閃躲小瀨的撫摸，反而瞇起眼睛，似乎在訝異著這樣的觸感為何如此細緻溫柔。

「原來，你願意讓我摸啊……」

小瀨謹記著「不要從狗的視線死角摸牠」的知識，沒從後面、也沒從頭上摸牠，阿金的反應便很平和。

「我決定了，我要養你！就算一直找不到以前的主人，也沒關係。」

說著說著，阿金轉過頭凝視小瀨的眼睛。

牠的眼睛是一片琥珀金色，毫無雜質的溫馴。

雖然只有這麼一瞬間，但小瀨知道，阿金聽懂了他的話。

只是，牠似乎仍不願從心底去相信他，也或許習慣了自由吧？下一秒，

七、難熬的年節

阿金小跑步起來。

與以前的暴衝完全不同，阿金先是試探往前跳躍兩小步、維持鬆繩狀態，一看小灝也跟著自己跑起來，阿金才順著他的步伐一起奔進風中。

「哈哈哈！」

看到阿金耳朵往後貼、咧嘴喘氣彷彿微笑的模樣，小灝感覺自己的農曆年禮物來了。

「阿金，你好棒！和你一起快樂地散步，比領紅包還開心！」歡歡喜喜地回家，家人們正好要出門，阿金耳朵一抖，故作冷靜地回後院。當小灝與牠告別時，阿金又故意別開頭，裝做沒聽到。

牠背影駝了起來，有些落寞似地回後院墊子趴好。

「那我們就走了喔！」阿金連看也不看小灝一眼，彷彿方才的交流未曾發生。

「唉，接下來是阿金來我們家後、首次單獨在家裡八小時，希望牠能乖乖的。」小灝自言自語。

「只希望別又接到鄰居投訴電話，我們可來不及從台中回來管這隻狗。」杏兒聳肩，拎起一襲華麗的洋裝裙擺坐進車中。

車子就這麼離開了宅第，即使知道從車內的角度根本看不到圍牆中的阿金，小灝仍感覺胃底一陣疼，心底七上八下。

經過舟車勞頓後，大夥兒到了台中親戚家。

眾人聚在一起吃飯看電影、打牌玩桌遊，一會兒又唱卡啦ｏｋ。種種熱鬧，讓杏灝一家都暫時忘了收養阿金之後的壓力。

過了三小時，小灝才有空低頭滑手機。他這才發現，爸爸也偶爾會坐立難安、檢查來電。

父子倆互相對上眼，爸爸對小灝笑著點了點頭，用手勢比出一切沒問題，才回桌跟叔伯輩繼續飲酒談天。

小灝這才明白，爸爸其實也很擔心阿金。

「出來玩還要擔心狗，是掛念，也是壓力。不過，這就是養狗才會有的心境吧？」小灝苦笑。

直到凌晨一點多，稍稍補眠後的媽媽載大家回家。

🐾

萬籟俱寂，沒聽到阿金的呼天搶地長嚎，門口也沒被警察貼上單子，

七、難熬的年節

全家人都鬆了口氣。

上樓前，小灝直奔客廳後頭。「我還是去後院看看阿金吧……」

「我也跟你去。」杏兒說。

「呃……」

到最後，小灝才回眸瞥見，一家人都悄悄跟在他後頭，個個緊張地半蹲前進。

「噓，別驚動阿金，萬一吵到牠，又會開始鬧……」媽媽低聲叮嚀。

「回自己家，還搞得像作賊一樣……」爸爸埋怨，小灝也不敢大剌剌將客廳燈光點亮，只想看看阿金過得好不好——

等視覺緩緩熟悉漆黑時，阿金黑色的身影映入眾人眼簾。

牠不再背對客廳，而是眼巴巴地望進落地窗內。彷彿已等待了整晚似的，阿金眼角微垂、寂寞呆望著空無一人的家……

「阿金竟然面對客廳了！」媽媽驚喜道：「我從來沒看過牠正眼看進窗裡的！」

「牠是在等我們吧？」小灝心疼低語：「搞不好過去的幾小時，牠都一直維持這個姿勢……」

「嗚?」聽到動靜，阿金轉動耳朵，身子一縮往後警戒。

「糟了，牠要叫了！」杏兒抱頭。

「別叫啊！」爸爸連忙開燈，想多少轉移阿金的注意力。

一時間，炫目的燈光湧進阿金的琥珀色眼睛，牠往後一彈，卻立刻明白了什麼事。

「汪！」牠只叫了這一聲，與連續狂吠的行為有所不同。

吠聲帶著親熱與理解，阿金盯著落地窗內的四個人影，頭一歪，似乎不懂為什麼這群人要這樣看著牠。

但很明顯地，牠知道這些面孔都是家人，不是需要狂吠嚇退的小偷。光是想到這點，小瀨就感動得眼眶一熱。

「阿金~」他打開後門，阿金立刻跳起來迎接。

就算是誤會要散步也罷、要吃飯也好，光是阿金這番親密熱情的行為，就讓小瀨一家十分驚喜。

「好了，好了，沒有要吃飯啦！」

即使是如此，媽媽還是連忙拿出狗糧餵食，爸爸與孩子們也帶阿金去巷口走了一小圈才上樓。

七、難熬的年節

阿金似乎也明白大家關燈上樓的種種前續動作，就是牠該安靜休息的預告，便寧靜地趴回自己的窩。

但牠的眼神變了。

變得更加清澈而有光彩。

阿金好似終於理解，世界上有這麼一群人，每天都會回到牠的世界，而不是無所謂地丟下牠走開。

只是，隔天就是農曆初一，鄰居的鞭炮、煙火聲，再度讓阿金終日狂吠。

「汪汪汪！汪汪汪嗚嗚——」

好似前幾天的進步都只是一場笑話，阿金焦躁得在後院衝來衝去，就算累了躺回窩中，牠也三不五時就長嚎。

「阿金、阿金，不要叫！」全家人折騰一天，還是無法阻止阿金，雖知是外頭喧鬧的世界觸發牠的敏感神經，但這並非眾人所能控制。

而阿金的表現，更讓大家很失望。

「明天初二回完外婆家之後，阿姨舅舅們就要來我們家作客，但阿金一直這樣狂嚎，人家怎麼來？」就連最會說阿金好話的媽媽，都愁眉苦臉。

「唉！」爸爸抱頭大叫：「我們不能先把牠送去哪個地方，暫時保管著嗎？」

「過年過節，無論是寵物店的安親、還是動物醫院的住宿，都沒有在收新狗，我已經打電話問過了。」小灝無力道。每當眾人指責阿金，彷彿也在指責他硬要收留這隻狗，讓他壓力倍增。

雖知大家都沒有惡意，但小灝的身心壓力的確都受到考驗，這幾天也因為阿金的徹夜長嚎，無法睡好。

「不管啦！阿金太丟人了！」杏兒雙手扠腰。「不然我跟哥哥先帶牠出門，等舅舅阿姨走了再回來吧？」

「這什麼話！」媽媽斥責道：「親戚過年過節的，你們當然要參與，為了一隻狗缺席，太不像話了！」

「別爭了，反正到時候……頂多我去院子裡陪阿金！」小灝此言一出，眾人雖是傻眼，卻也說不出更好的辦法。

眼看阿嬤、舅舅、阿姨們紛紛一家一家地抵達，媽媽早已進廚房忙得不可開交，杏兒也難得跑來協助媽媽。

而爸爸呢，更臨時抱佛腳地整理客廳擺設、擦除角落灰塵……就在眾人忙亂之際，小瀨悄悄掩起正對後院的落地窗窗簾。
他先是替阿金套上牽繩、外出遛了一圈。
隨後，小瀨默不作聲地直接牽著阿金進屋、上樓、直達房間——
「嗚嗚？」爪子不習慣踏在木地板的觸感，阿金嚇著了。
但隨著小瀨堅定寧靜的牽引，阿金好奇嗅聞牠初次踏入的家，跟隨他的步伐一路往前。
「呼……」關上房門，終於到了自己的安全小天地，小瀨撫摸著阿金的下巴。
「乖，先在這裡待一下，我的窗戶是隔音窗，你聽到的煙火鞭炮聲會比在外面小很多。」
小瀨開啟古典樂電台低聲播放，希望幫阿金轉移注意力。
阿金一開始仍焦躁地在小瀨房間走來走去嗅著，甚至想踏上床鋪探索，立刻被小瀨攔下。
不一會兒，阿金似乎很中意小瀨地板上的座墊，俯身窩了下來。
在鵝黃色的室內光芒中，阿金半瞇起眼睛。
小瀨拿出一個阿金從沒看過的缺口玩具，裡頭塞滿了狗狗零食。

「來，看看這是什麼？」

這是他悄悄用零用錢買下的狗狗益智玩具，只要用狗鼻子推擠玩具，玩具的安全缺口就會掉出零食，刺激狗狗繼續玩耍。

一開始還茫然瞧向小灝的阿金，因為貪吃本性使然，很快就學會了玩具玩法。牠發出「砰砰」聲推擠玩具，躺在地板上玩得不亦樂乎。

「太好了，你真的很聰明耶！已經這麼會玩了！」小灝心底升起一股成就感，連忙摟摟阿金。

阿金只用爪子推開小灝，繼續拱著玩具狂玩。牠連小灝偷偷離開房間，都沒發現。

小灝先下樓，一一向滿屋子的親朋好友打招呼，幫大家安排客廳的座位、端茶拿水果。

總共二三十位客人擠在客廳與廚房中，或坐或臥，開著電視作伴聊天，場面溫馨極了。

「妹，等等如果我上樓，妳就繼續陪大家聊天，說我在找電影給大家看就好。」

「哦……」聰慧的杏兒本來只是點點頭，但一看見拉上窗簾的落地窗，她就發現另有隱情。

「嗚……嗚……」隱約聽到二樓傳來小聲的抗議，小瀨匆匆上樓回房。

「我來啦，怎麼了？」小瀨發現原來阿金玩得口乾舌燥，一時手邊沒狗碗，只好先用自己吃水果的小碟子裝水給牠。

阿金喝了水，繼續埋頭苦幹。

破解玩具的執著模樣，看得小瀨哈哈大笑。

此時，門小小地開了個縫。

小瀨連忙深呼吸，已經準備好說詞的他，迎向杏兒恍然大悟的甜美面孔。

「唉！我就知道會這樣！」她叫道。

「妳要告訴爸媽嗎？」

「沒關係，阿金安靜就好。」杏兒掛起理解的表情，苦笑道：「其實……我常常在想，若讓阿金住在家裡，或許牠就不會因無聊和緊張而亂叫。在家裡，我們能陪牠玩，也讓牠探索我們的環境，家中有很多值得探索的事物，對牠的情緒也有幫助。狗兒是群居動物，當然不應該孤零零地一個人在外頭啊！」

看見小瀨露出驚喜笑容，杏兒聳聳肩。「哥，別這樣看我好嗎？我也是會上網查資料的！」

就在此時，小瀨的手機忽然狂震。

「奇怪！我同學都只用臉書，不會特地打電話來拜年啊！」

接起電話，彼端傳來一個疲憊慌亂的中年女聲。

「您好，真的很抱歉我今天才看到您的訊息……我是玉姨，你們撿到的黑狗的主人。」

小瀨與杏兒面面相覷。

八、身世之謎

聽到玉姨不斷在電話中道歉甚至哽咽的聲音，小瀨心亂如麻。

「對不起，我媳婦前陣子流產，我都在醫院照顧她，況且我手機掉了……也都沒上臉書，好不容易過年回家拿個東西，這才發現你的訊息……阿金現在還好吧？」

「很好……在我床上。」小瀨無奈望著已跳上床、想找個角落睡覺的阿金，杏兒更在一旁拉著牠。

「真的非常感謝你們收留阿金！」玉姨不斷道謝又道歉，並說明自己的手機在菜市場被扒走，但因忙著媳婦的事沒去處理，電話才一直打不通。

玉姨問：「所以……你們要繼續養阿金嗎？」

「我也不知道。」小瀨感覺天昏地暗。

他好怕玉姨把阿金要回去，但又擔心阿金持續留在這個家、會被爸媽找麻煩。

即使他知道，雙方已經都很努力了。

就在此時，小瀨瞥見他書桌前方貼著的「狗醫生」訓練課程傳單。「我想請教一下喔……請問您以前是怎麼養阿金的？」

「牠都帶不出門，我只好把牠鍊在車庫那裡，但每天都有餵牠，牠跟

八、身世之謎

我其他狗兒處不來，我們家狗兒很乖都養在室內，阿金是最糟糕的一隻，從不理我，甚至還咬過我呢！」玉姨叨叨絮絮地抱怨一堆，也說明阿金逃家的過程。

小瀨再度定睛望向狗醫生傳單。

「我爸爸有說，會讓阿金去上課，牠在我們這裡已經學會鬆繩散步、吃飯不護食，現在正在我房間安靜休息。」

「天啊……真的嗎？」玉姨完全不敢相信。

「所以，如果阿金之後去上課都能改善的話，我想跟您商量、辦理晶片轉移，希望牠能永久在我們家住下來。」

「我明白……謝謝你們給牠機會！」玉姨的聲音傳來振奮的暖意。「希望阿金真的能進步，我很樂意跟你們碰面。」

玉姨的居住地其實離這裡不過半小時車程，雙方約好要在動物醫院辦理寵物名義上的轉移，將阿金過戶給小瀨。

一掛電話，杏兒憂心忡忡的眼神就投射過來。「哥，你不跟爸媽討論，沒關係嗎？」

「先不要說吧……我會用阿金的進步證明給他們看。否則，今天他們才嫌阿金丟臉，在這種時間點說，爸媽一定會叫阿金回去玉姨那裡。我尊重玉姨養狗的方式，但妳也看到了，阿金是一隻有潛力、能養在室內的狗啊！」小灝極力說服妹妹，還好杏兒雖看似不情願，雙手卻愛憐地在阿金身上又摸又弄，也不嫌髒。

兄妹倆一時不忍心將連日被鞭炮聲摧殘的阿金趕下床，只好另外鋪了張乾淨的墊子，將牠與床單隔開。

「沒想到，阿金到你房間之後……真的變好乖喔！」

「也許牠本來就是個性特別敏感、有警戒心的狗，越是這樣，越不該讓牠整天待在外頭。我看很多北歐的狗狗教養文章也說，狗是家人，應該一起住在屋簷下的室內空間，牠們不但是人類最好的朋友，有牠陪著，我也比較安心。」小灝哈哈笑道：「偷渡狗狗進來這種事，真的會上癮耶！我明天、後天、大後天都也想讓牠進來！」

當客人散去，在爸媽發現狗不見之前，小灝與杏兒不得不先把阿金「歸回原位」。

被關到門外的那瞬間，阿金露出失落不解的神情，讓兩兄妹更加深了方才的決心。

八、身世之謎

「我們想個辦法，讓阿金越來越乖，也讓爸媽願意接受阿金吧！」杏兒說。

吃過晚餐，累了一下午的杏瀨兄妹上樓休息，爸爸自告奮勇地說要帶狗去散步，沒想到……

「阿金跑走了！」兩手空空的爸爸，衝回後院大聲喊道。

「什麼！」小瀨與媽媽驚嚇反問：「怎麼會呢？」

「你在做什麼啊？」杏兒忍不住出口指責：「我們花了這麼多心思，你怎麼讓牠跑走了！」

「怎麼會是怪我呢！」爸爸也早已掛起愧疚神色，坐立難安地傻愣在後院。「我……我看到對面有社區小孩在玩仙女棒，想帶阿金繞路，沒想到小孩忽然將仙女棒丟過來，嚇得阿金用力一拖牽繩，我也跌倒在地！後來牠驚慌地往大馬路的方向衝……為了閃車子，阿金繞了個九十度的圈子、逃命般一直往郊區跑！我追了好久，都追不上……」

看到爸爸雙手擦傷，褲子的膝蓋部位也破了，兄妹倆收起了指責。

小瀨說：「我們趕快騎機車去找阿金！兵分兩路！牠身上還掛著胸背帶和牽繩，一看就是家犬。」

「再說，阿金身上也有晶片……」媽媽慌亂補充道：「若是撿到牠的人願意去掃晶片……唉，不行，這樣只找得到阿金的原飼主，而對方已經失聯了啊！」

「我們早該幫阿金掛個狗牌，我同學家的狗都有掛金屬狗牌，上面有家裡聯絡電話。」杏兒跺腳道：「不過，現在說這些都太遲了。」

小灝先是通知玉姨阿金走失，請她保持聯絡，隨後父子倆在喧騰的新年鬧區騎了一圈，又騎到十多公里外的山區找狗，叫得嗓子都啞了。他們也不時停在路旁，拿出手機秀阿金照片、問路人是否有看到牠……

但折騰到半夜，卻無功而返。

小灝毫無睡意，只忙著把「尋狗啟示」發到各大狗狗網路社團與當地里長臉書，希望大家幫忙。

擔心阿金拖著牽繩、被車子或什麼危險的物體絆傷，也憂心壞人欺負牠，小灝整晚翻來覆去，輾轉難眠。

隔天早上五點起床，他看到樓下爸媽紅通通的雙眼與兩大圈眼袋，小灝才知道，原來爸媽也擔憂至極。

「阿金啊，好不容易我決定要照顧你一輩子，你怎麼就這樣逃走了

八、身世之謎

呢……」小灝望著飄起灰雨的早晨天空，心都涼了。

接下來這兩天恰巧是寒流，雨勢讓體感溫度變得更加不適。

「阿金一定在外頭挨餓受凍吧……」杏兒也放下最喜歡的偶像劇進度，整天上網盯著阿金的轉發消息、檢查網友留言，深怕錯過了任何情報。

終於，在這天晚上十點多，玉姨那裡傳來了消息。

「我的一個朋友說，有人在後山老街附近看到很像阿金的狗兒呢！毛色黑中帶金，是身上有牽繩的大公狗，一定錯不了！」

小灝立刻通知爸媽，驅車前往老街。

恰巧今天是假日，街上充滿不畏寒流的外地觀光客。大家臉上都掛著年假出遊的神采，唯有小灝全家一臉憂心，渾身緊繃到處探頭找狗，沒人笑得出來。

「老街就這麼大！我們還有哪裡沒找過嗎？」杏兒急得用手機調出網路商街地圖。

小灝問了個賣餅的店家，工讀生請來年邁老闆娘回答。

「這隻狗很眼熟啊，很多黑狗不都長這樣……」老闆娘皺起蒼桑的臉皮努力回想。「嗯……其實，以前好像常常在後山的宮廟看到牠。啊，你去問那裡的廟祝，他大概知道的……」

「太謝謝您了！我們現在就去問！」一家子立刻浩浩蕩蕩朝附近的宮廟前進。

這廟不大，主要是祭祀呂洞賓，但因沒有特地宣傳，顯得門可羅雀。橘黃屋頂上雕滿斑駁的神像與龍蛇神獸。只見門口一支空空的鐵椅子，椅子的主人不曉得跑去哪了。

「不好意思！請問有人在嗎？」

廟裡晃出一個白髮老翁，背都駝了的他，手中拿著裝有假牙的漱口杯，腳上穿著藍白拖。看老翁一臉狐疑又疲憊的模樣，大概是剛吃完飯、正想休息吧？

「你們找這隻狗要做什麼？」老翁擺出不信任的眼神，但小灝看得出他認得照片中的阿金，便沉穩地解釋來龍去脈。

聽完小灝解說，老翁這才緩緩回答：「原來是這樣啊！狗王前陣子被捕狗隊抓走就不見了，我拜託孫女打電話給收容所，說是救出來了……沒想到過程如此曲折……」老翁轉動有些泛黃的眼珠打量小灝一家。「看你們個個長得都很端正，又在假日跑來特地找狗王，一定有在疼愛牠。來！

八、身世之謎

昨天我在後山看到牠了，帶你們去找！」

「謝謝您！」面對這位白髮阿公的義氣相挺，小灝與杏兒激動得幾乎要相擁慶祝。

但聽著廟口阿公滿口「狗王狗王」，爸爸忍不住問原因。

「哦～牠就真的是狗王啊！在這裡生活至少五年了！我孫女過節回家看到牠，說怕讓發情母狗懷孕、小狗生不完，就帶牠去結紮。沒想到呢，狗王第二天就生龍活虎到處跑來跑去了！本以為結紮後個性會安定點，結果還是一樣愛打抱不平，到處護著其他小狗母狗，真是愛逞英雄！哈哈！」阿公說起阿金就滿面紅光，越說越起勁，一家人訝然聽著，根本無法想像阿金有這樣的過去。

「原來是滿山自由亂跑的狗王，難怪一開始無法適應我們家的水泥牆生活……」媽媽苦笑道。

雖然阿金的故事很有趣，但到底是否能成功找到牠，倒也是未定。敏感的杏兒心情七上八下，跑在隊伍前方。

「阿金！阿金！」一到後山的山脊，面對滿林深邃又神秘的綠意，大家只能扯嗓大叫。

此時，阿公忽然從懷中拿出哨子。

「嗶——嗶嗶嗶——」

樹邊、草叢後方、山路盡頭，分別湧出三四隻戴有項圈的狗兒，牠們儼然聽到天籟般熱情地吐舌搖尾，高速朝阿公跑來。

「有點可怕！」杏兒抓住小灝的袖子，畢竟這些狗兒體型太大、又個個沒牽繩沒上鍊，埋伏似的衝出來，野性氣勢十足。

「這是我放飯時吹的哨音。我偶爾會跟自助餐要剩飯、或請我孫女幫忙買些狗飼料，一天只餵牠們一兩餐……我能力不足，沒辦法更好了。」阿公感嘆：「就算有人要舉報這些狗，我也只能從廟裡敲鑼警告牠們而已。總之，哨聲表示放飯，鑼聲表示快逃。常有人來山上棄養狗，公所又派人來抓狗，來來去去的……我真的無能為力。」

一票狗兒跟在阿公後頭往廟的方向走，模樣親暱無比，小灝難以想像阿公是有多麼豁達堅強，才能頻頻接受這種人為悲劇造成的離別。

但狗群看起來卻是活在當下，只要跟在阿公身後，牠們就心滿意足，根本不會去考慮明天是否又要面臨捕狗隊的的圍剿……

這群野狗有黑、有黃、有花、有白，但就是見不到阿金。

八、身世之謎

一家人急得如熱鍋上的螞蟻，巴望著路口。

「放心，一定會出來的！」阿公又重複吹了一次哨子。「不過……狗王很不喜歡親近人，總是會離我遠遠的，你們等等若要帶牠，可能需要一番功夫喔。」

杏兒聽了又是一陣胃痛。

終於，山路盡頭忽然出現了一個黑影。

毛色黑中帶金，立耳、長嘴、鐮刀尾……是阿金！

緩步走入眾人眼簾的阿金，先是雙耳往後一縮，彷彿在疑惑眼前的景象。

「阿金！阿金！」杏瀕兄妹激動得狂喊。

小瀨蹲了下來，雙手張開。

預料阿金會奔入懷中，小瀨眼睛澄澈堅定，無一絲疑惑。

「汪！」阿金搖了搖尾，這才終於邁步奔馳。

像一陣溫暖又閃爍金光的風，阿金跑著跑著，衝進小瀨的懷中。

「嗚……嗚嗚嗚！」像在責怪小瀨來得太遲、又像是在哭訴撒嬌，阿金將頭埋在小瀨懷中。

「乖……都是爸爸不小心，讓你受苦了。」

經過這幾天的流浪，阿金的毛皮摸起來濡濕黏膩，但父子倆一點也不在意，將頭緊緊靠在牠身上。

「對不起、阿金，對不起……」

好比在拒絕小灝的道歉、又或許不喜歡人類的緊迫摟抱，阿金往後掙脫，但仍咧嘴搖尾，在一家人跟前轉圈圈。

「你的繩子怎麼不見了……」爸爸記得阿金當晚走失當晚身上還拖著牽繩，大概是哪位路過的人怕牠危險、替牠解下的。

「那條繩子就算了！最重要的命還在，這就夠了。」小灝從口袋掏出備用的牽繩，替阿金輕輕扣上。

「汪！」彷彿滿意這個舉動似的，阿金興奮繞了兩圈，又似乎想起鬆繩散步的技巧，忽然自己坐下。

「哈哈哈，阿金好聰明！」杏兒摟住阿金的脖子，牠雖然害臊閃躲著，嘴角卻是止不住的笑意，粉色的舌頭捲了起來，尾巴也持續輕盈擺盪。

一家終於團員了，廟口阿公望著阿金愉快地跳上小灝一家的座車，在後頭慈靄且祝福地揮了揮手。

九、失而復得

一回家，爸爸立刻跑到網路商店訂做名牌，上頭寫著家中電話與阿金的名字，不到台幣三百元，卻有保險的效果。

牌子在二十四小時後就掛到阿金項圈上，以備不時之需。

一家人又忙又累，一時間忘了撤下拾尋阿金的網路公告，直到小瀨隔天想起此事時，有則網路新聞映入眼簾——

「『前行政院長張英帛發現自家昔日愛犬下落！意圖討回狗狗』！什麼意思啊？」小瀨大為震驚。

新聞寫著，日前在各大狗狗社團流竄一張尋狗啟事，使張院長看到了被漫天轉載的阿金網路照片，認為阿金是他們老家養過的狗「傑克」。

「怎麼這麼煩啊！」小瀨焦躁地離開電腦桌，又忍不住回去讀著那篇新聞。

就在此時，家用電話響了！房中的分機也同步發出鈴響，將小瀨嚇了一大跳。

「喂?您好！」聽到樓下媽媽親切接起電話的聲音，小瀨跑到樓梯口。

「咦?」不知道對方率先說了什麼，媽媽的語調轉為驚訝，「不，這隻狗是我們撿到的，晶片上的電話打好久都打不通呢，我想應該不是吧?」

九、失而復得

小瀨心中的疑惑，頓時串成一線。

「媽！別再說了！」小瀨連忙接過電話。

原來對方是個記者，想詢問阿金的由來，小瀨立刻築起厚重的防心，連忙否認：「請問您說的飼主，有為當年走失的黑狗傑克打晶片嗎？我們家已經有聯絡到我們家阿金的晶片飼主，確定狗狗不是同一隻！近日就會辦晶片資料轉移！」

「我想張院長的狗應該沒有打晶片才是，已向他求證過。」記者客套語氣中藏著侵略性的好奇。「但張院長本人接受本報訪問時表示，他有提供傑克的照片，經本報比對，花紋真的很像，連黑毛中的金色斑點位置都一樣……」

小瀨勉強收斂住脾氣，沉著回道：「不好意思，總之，我覺得回答這些問題都沒有意義，因為狗狗現在在我們這裡，我也不回答假設性的問題。謝謝。」

他掛掉電話。

一旁的爸媽還一頭霧水，倒是杏兒聰慧地默默秀出手機上的即時新聞，他們才恍然大悟。

「小灝，你會不會反應過度了？」媽媽苦笑：「對方只是說『長得像』，又沒有要我們馬上把狗還過去。」

「一定就是要我們還，記者根本不會管這種事。大概是想利用媒體施壓，開始先聲奪人，硬把阿金說成自己家的狗！」一向穩重的小灝，臉上掛起怒氣。

「就算要還，我們也不怕啊！晶片的主人堂堂正正登記著玉姨的名字。」杏兒銳利反駁：「哥哥前陣子有聯絡上阿金的原主人玉姨，玉姨也已經答應要把狗讓我們繼續養了。」

「天啊，這種事怎麼不主動跟爸爸說？原來阿金還有地方可以去啊！」爸爸一臉生氣：「我們前陣子還忍受牠的長嚎和種種行為問題！我還打算花錢讓牠上課！怎麼不把狗還給玉姨就好？」

原本的保密計劃瞬間被打亂，小灝耐著性子回答原因。「玉姨那裡只能把阿金鍊在外頭，跟狗的感情不如我們深厚。況且玉姨前陣子家人有狀況，也已經養了六七隻狗，恐怕無力好好照顧阿金。」

聽完此話，爸媽的神色這才稍微緩和下來。

「阿金現在跟著我們也沒什麼不好，牠是有些行為問題……但去上課之後一定會進步的！」杏兒機靈地幫著哥哥求情，又撒嬌又說理。「我們已經花這麼多時間在牠身上了，現在就放棄也很奇怪啊！趕快請玉姨來轉移晶片，我們就是阿金名正言順的主人了！」

爸爸仍生著悶氣，上樓去了。媽媽一時也不知道說什麼好。

此刻，落地窗外的阿金似乎聽見了一家人的爭執，睜大眼巴望著裡頭，好似在憂慮自己的未來，又滿懷不解地擔心著眾人。

「我不會讓你爸爸送走阿金的。不過，阿金之後去上課的費用，自然是從你們零用錢扣，畢竟爸爸已經很努力在養家了，多一隻需要上課的狗……真的也是筆開銷，請將心比心。」

「什麼……」聽到要被扣錢，杏兒傻了眼，小灝則理解地點點頭。

而張院長的事情還沒這麼快結束，隔兩天他竟請幕僚打電話來、還親自出聲說服，讓當時獨自在家的媽媽，驚得手足無措。

「我很想念阿金，是這樣的……阿金原本叫傑克，是我養在別墅的狗兒，時間與地點都符合。我也看過阿金每張在收容所的照片，確定是當年我們家的傑克。」

「抱歉，我不是很明白您的意思，阿金已經算是我們家的一份子，不問我老公與我的孩子，我無法回答您。」

媽媽連忙打迷糊仗，掛掉這電話。

「不過，如果真是對方的狗，會想要回也是正常的喔。」晚餐提起此事時，爸爸苦笑道：「其實……前幾天阿金走失時，我還想著加碼尋獲獎金呢！我也做好心理準備，萬一真的過了大半年才找到阿金，又萬一牠已經被收養了……我也打算去跟對方談談，問對方願不願意把狗還給我們。」

孩子們對看一眼，露出不可思議的神情。

「爸爸～你既然有這個心，不如就讓阿金試著住進室內好不好嘛？」杏兒忽然用軟綿綿的語氣開口，小灝心底暗自叫好。

有這個妹妹幫忙，真棒。

「天啊，妳說要阿金住室內？」爸爸驚問：「但牠不會亂咬、亂大小便嗎？」

「其實，初二大家來作客那天我怕牠亂叫，就把牠帶到我房間了。牠沒有做任何不乖的行為，只是會焦躁想玩耍而已，也有乖乖玩益智玩具……」

「真的嗎！」爸媽驚訝得面面相覷。

「這種事不需要騙人，是怕你們反彈，現在才說……對不起。」小灝

九、失而復得

先沉穩地道歉，總比被怒罵得好。

「唉……」爸爸鐵青著臉，沉默了半晌，讓孩子們都緊張得要命。「既然如此，那更該趕快讓阿金去上課了！如果去上了課，一定能激發牠的潛力，讓牠更適應我們家。今晚就先讓牠睡客廳看看吧？不過，我怕牠亂跑，還是會先把牠鍊起來觀察幾天。」

爸爸一說完，孩子們全都揚起眉梢，幾乎不敢相信自己的耳朵。

「還在等什麼？」爸爸若無其事地挾菜來吃。「今晚就讓阿金進來吃飯睡覺吧！」

孩子們立刻放下碗筷衝到外頭。

「阿金，阿金，爸爸說你晚上都可以進來了欸！」杏兒怕爸爸反悔，還用甜美的高分貝邊說邊回眸對爸爸笑。

阿金也不可思議地豎耳低頭，怯生生地被小灝牽著進入後門。牠驚訝而徐緩地嗅著地板與客廳各處，孩子們怕牠一不小心就想尿尿作記號，連忙拉繩提醒牠。

不過，阿金完全沒有抬腿的意思，只是看到什麼都好奇，都想好好聞一聞。地毯、電視桌巾、抱枕、桌椅、馬克杯，所有的人類用品都讓阿金聞了一遍。

最後，牠選了個能同時看見樓梯、廚房、玄關與客廳動靜的角落，自己窩了下來。

「阿金好棒、好乖！」小灝摟著阿金的脖子。

關上隔音門窗，聽不到年節的鞭炮煙火聲，阿金整夜未嚎，只是偶爾會想掙脫牽繩上樓。

畢竟上次一進屋就是小灝直接帶牠上樓，牠難免疑惑，不知道今晚自己為什麼只能待在客廳。

杏兒在地上鋪了毯子，拿出益智玩具給阿金吃，阿金就暫時轉移了注意力。接下來一家人在客廳看電影，聽到電影音效，阿金那對粉色內裡的尖耳也動來動去，不一會兒又放空睡著了。

「沒想到牠這麼乖。」爸爸這才露出笑容。

原來，剛剛他才是最緊張的人。

「老公……」媽媽柔聲靠在爸爸肩上。「其實你也被張院長的那通電話影響了吧？」

「說真的，對方那麼有錢有勢，搞不好會派人來偷走阿金。」爸爸的發言不乏荒唐的笑意，但眼底又有幾分認真。「我想，白天讓阿金在外頭透透氣，晚上就讓牠進來吧，這樣牠會變得很安靜，不會吵到鄰居……否則再吵下去，全社區都會恨我們的啊……」

「沒那麼嚴重。」媽媽溫聲笑道：「不過，我認為這是很好的決定。」

溫暖的夜晚就這麼過去，全家人還輪流半夜起來看阿金。

只見牠繫著軟而扁的長牽繩，夜裡還翻過來側躺，模樣看起來舒適安穩。

這是阿金來這麼久以來，首次整夜都沒半聲夜嚎。

而日後，小灝和爸爸也輪流帶阿金去上狗醫生的課程。

🐾

課程在市區的活動中心進行。

「其實狗主人比狗狗更需要訓練，如果全家人的指令都反覆無常，又沒有原則，狗狗不可能學會任何指令。」講師帶來自家的哈士奇與狼犬作示範，讓父子倆嘖嘖稱奇，更加深要把課上好的決心。

雖然講師態度嚴謹，但上課的氣氛很輕盈，大家都帶著自家狗狗在鋪有地毯的多功能大教室中，或坐或臥，努力學習指令。學員與狗狗總共只有七八組，讓老師有充分時間給予指導。

前兩堂課都還算輕鬆，但第三堂是教導「門前管理」——要狗狗外出或有訪客來時、在大門前保持安靜坐姿。

第四堂教了「召回」指令，則要狗兒外出時遇到主人叫、就馬上過來。這兩者都是非常基礎的重要指令，卻讓父子倆吃足苦頭。

阿金在室內就幾乎叫不回來了，與同班同學一起到公園練習時，還是大家又圍又擋、才終於把差點再度走失的阿金找回。

看到阿金一臉憨呆、還不曉得自己做錯什麼的模樣，講師建議父子倆多運用手勢、哨聲或語氣，而阿金要掛著長牽繩練習一陣子、才可放繩活動。

「雖然每次都滿挫折的，回去也要多練習才有可能進步……但也滿好玩的嘛！」在週末公園的午後陽光下，爸爸對小灝哈哈一笑。

幾次課程下來，不但阿金特別親近爸爸與小灝，父子間話題變多，感情也變更好了。

每晚九點散步過後，阿金就直接由小灝牽著進入室內，放繩自由在家

九、失而復得

中嗅聞活動。

無論是浴室、廚房，阿金都可以自由進出，除了有一次聞到廁所異味而在磁磚上尿尿作記號之外，其他都表現得宜。

夜裡的長嚎，也早就沒聽過了。

爸爸掏錢幫阿金買了個軟綿綿的酒紅色絨布冬床，阿金晚上幾乎都賴在裡頭不想起來。

而當大家看電影或在客廳閱讀時，瞧見牠睡著的療癒模樣，也覺得這個冬天越發溫暖了。

然而，張院長要狗的事並沒有這樣結束。

爸媽連續看見網路記者發文，標題下道：「院長討狗不成，闔家失望傷心，醫生憂心籲靜養」，內容還提到「現任飼主不交還狗兒，強硬要院長提出昔日養狗證據」。

「這些新聞是怎麼回事？是在對網友打同情牌嗎？」小灝這天爆氣衝下樓，揮舞著手機。「這兩週來，根本沒人來訪問我們吧？」

「嗯，這幾則新聞出好幾天了……我怕影響到妳們的心情，就跟爸爸約好不要提起。」媽媽無奈聳肩。「記者和幕僚其實也有打幾次電話來，雖然我們把阿金的尋狗啟事刪除了，但各大社團好像有人用截圖備份了那張圖，記者們才能知道我們家的電話，甚至你爸的手機。」

「怎麼這樣啊……狗走丟過一次，飼主就沒隱私了？」杏兒翻起白眼，小灝也啞口無言。

「還好當初是留爸爸的資料，否則記者就要騷擾你們了。」爸爸聳了聳肩說。

「乾脆我們直接跟對方對質吧！順便錄音錄影！」杏兒不甘示弱地揚起聲調。「反正我們再躲下去，張院長應該也查得到我們家在哪。」

「基本上……」小灝的語調轉為強硬。「尋狗啟事也有說狗狗是在哪裡走失的，明眼人大概從那裡就能推敲出我們家了。與其這樣閃閃躲躲的，我們還不如趕快把晶片的事情處理了，直接叫張院長出來談！」

「孩子們真是霸氣啊！」爸爸也受到激勵，媽媽則露出受不了的苦笑。

這週末，一家人先是約了玉姨在附近的獸醫院見面、又跑了一次收容所辦理晶片資料轉移，玉姨與收容所的人一看到阿金，都嘖嘖稱奇。

「牠真的不咬人、也不吠了？」玉姨不敢相信自己的眼睛

「好奇怪喔！這根本是不同隻狗吧？」收容所的人也大開眼界。

不過，面對這些「陌生人」，阿金雖緊張得頻頻偏開頭，又舔舌、又眨眼，尾巴也不搖一下，但整體仍維持平穩安靜。

即使阿金看到玉姨也毫無反應、彷彿根本忘了她似的，玉姨還是邊摸著阿金的下巴邊掉淚，本來她想摸頭，但孩子們再再提醒，阿金不喜歡被摸頭，玉姨才彆扭地改摸下巴。

「當初有把你救出來真是太對了！也還好你逃走了，才能遇到這麼棒的一家人啊。」

「是啊，阿金現在的體格也養得很好，牠真是一塊越磨越發光的金子！就跟牠現在越來越亮的毛色一樣！」恰巧遇到收容所的大學生拍照義工，大家也把阿金圍住，讚不絕口。

一次被這麼多人看著，阿金顯得有些緊張，小灝也細心觀察到牠的肢體語言。

跟大家道謝之後，小灝就帶阿金回附近的田埂透透氣。

辦好晶片後，一家人終於放下心中大石。

爸爸駕駛著車子，舒心一笑。「這下，阿金真的是我們家名正言順的狗兒了！就算有天寫著姓名與電話的狗牌掉了，去掃晶片也能掃到資訊，就像給毛小孩身份證一樣！」

今天適逢週末，下午又是狗醫生的課程。

全家人以出遊的心態，到老街走了一趟，吃吃喝喝，歡天喜地陪阿金到了好幾個地方，阿金也樂得不可開交，只在車上小憩一下，就又準備迎接今天狗醫生的課程了。

十、傳奇解密

似乎知道週末到了就是要上課，阿金總是蹙眉聽著課，再滿臉疑惑地跟著主人學。偶爾學會了，吃到零食、被高聲稱讚，阿金就輕搖尾巴，很是安分。

快下課時，大家隱約聽到多功能教室外的走廊傳來大陣仗的騷動。多人的腳步聲夾雜其中，似乎還聽到活動中心助理好言相勸的為難聲。

「他們果然來了……」在教室後頭觀摩的杏兒，冷冷對媽媽說：「還是提早來呢！」

媽媽點了點頭，小灝與爸爸則仍帶著阿金在前頭上課，並沒有分心。

其實，他們今天除了打晶片、回老街遊玩、上課之外，最後的壓軸重頭戲，正是和張院長見面。

杏兒偷偷從落地窗瞥向門外，只見張院長雖表面和善微笑，卻引領著七八位記者與攝影師來到教室門前，還不顧助理的死命阻擋、想直接開門。

「糟糕……我們真的有辦法對付嗎？」杏兒忽然心頭一驚，抬眼望向媽媽。「會不會反而害阿金被這種人強行帶走啊？」

「有媒體、有一起上課的狗友們在，不會有事的！」

看見媽媽露出自信篤定的微笑，杏兒彷彿打了強心針。其實這段日子

十、傳奇解密

以來，課堂上的狗同學與狗爸狗媽們彼此都很熟識，假日也曾經互揪帶狗出遊，阿金的新聞爭議，她們更是見怪不怪。

「就乾脆把那位大人物約來這裡談談吧，他有他的優勢，我們也有啊！」連狗狗講師「溫爸」都看不過去，還找來先前到家裡拜訪過的瑪老師來助陣。

課程結束，在兩位講師與其他狗友的陪同下，一家人硬著頭皮牽住阿金，走到活動中心外的廣場。

因為被禁止進入活動中心，張院長坐在高級的賓士黑頭車中等了半晌。一看到阿金，他就喜孜孜地衝了出來。

身後跟了一名身穿雪白大衣的貴氣小姐，杏兒認得出她是常上時尚雜誌的張院長千金，嘉蕾。

「哇！就是那隻狗啊！」從小灝牽著阿金在階梯上現身的那刻開始，記者們紛紛抓起麥克風與攝影機圍了上來。

「請問你們之前為什麼拒絕交還狗兒呢？」

「聽說張院長屢次致電，都遭你們不禮貌地掛斷了？請問真有此事嗎？」

眾人們早有默契，閉口不答，以免遭記者做文章。手中緊緊牽住因鎂光燈而緊張的阿金，小灝氣得脹紅了臉。

面對媒體的逼問，明明早料到有此事的張院長卻抓住女兒嘉蕾，面露微笑勸道：「各位媒體朋友，稍安勿躁。其實我今天不是想要回狗兒，實在是因為我家寶貝嘉蕾從小跟傑克一起長大，無論如何都想看看牠。」張院長繼續對鏡頭露出誇張的笑容。「如果可以的話，能把傑克重新帶回家，當然是更好的……我們家有大庭院可以讓傑克奔跑，傑克以前也很喜歡我們家啊！非常顧家呢！是不是，蕾蕾？」

嘉蕾化有漂亮妝容的臉蛋雖不太情願，但當她見到阿金時，眼中明顯泛出淚光。

「傑克……」嘉蕾蹲下穿著名牌高跟鞋的嬌軀，神情哀戚。「你不記得我了嗎？」

看到這幕，杏兒原本緊握住小灝的手，也緩緩放開。

眾人其實又疑惑又緊張，就跟此刻的阿金一樣。

阿金似乎對張院長沒有印象，但就在嘉蕾朝牠伸手時，阿金做了件讓眾人驚訝不已的事。

十、傳奇解密

牠向嘉蕾搖了搖尾巴，隨後，上前舔了舔她的手。

「你們看！你們看！傑克記得我們家蕾蕾啊！」張院長激動地在鏡頭前狂比手勢，記者也忽然朝阿金一擁而上。

「等等，你們說自己很愛阿金，那請問牠為什麼會流落到山下的偏遠老街？」小灝眼中湧出凶光。「再請問，牠身上為何沒被植入跟身份證一樣重要的晶片？」

「是啊，請把當時的狀況解釋一下。否則口口聲聲說愛狗，實在難以相信！」爸爸也護航道。

「這個嘛……當然總有意外。」張院長苦澀微笑。「你們不也是讓狗不小心走失過一次嗎？至於晶片……以前我們不可能知道這麼細啦！這應該不算是十惡不赦的事吧？我女兒與傑克感情還在，這最重要。」

小灝氣得一陣發抖，勉強按捺住情緒，握住阿金牽繩的手也越來越緊……根本毫無放開的打算。

「哦，你說阿金是走失？」杏兒忽然拿起手機，播放出一段錄影檔。裡頭是老街宮廟那位阿公的證言。

「嗯……黑狗阿金當初出現在我們廟裡那天，我記得很清楚，大半夜的，一輛高級的黑頭車把牠放下之後，就頭也不回地開走了！阿金不停地哀嚎追車、到處找人……我看這隻黑狗哭得這麼慘，又怕牠夜裡冷到，連忙強硬把牠拉回廟裡休息。事後我孫女才在一個週刊看到，說是有位高官的女兒差點被綁架，歹徒潛進別墅時，輕忽黑狗體力太好，竟把籠子撞倒在地、開了籠門、又一路追車！這才引起附近巡邏員警的注意……」影片中的阿公，邊說邊拿出當年泛黃的雜誌。「我是不相信這種不敢署名的八卦週刊啦，但時間地點都太符合了。想去查的人就儘管去。我猜就是因為高官平常高調慣了、惹來麻煩，又怕鬧太大，才默默壓下這則報導。等這戶有錢人搬家後，就順便把燙手山竽的看門狗給棄養了。」

記者們對著杏兒手機上的影片猛拍。

其實這段阿公的補述，正是家人方才去老街宮廟尋訪時拍的。

被抖出此事，張院長與嘉蕾頓時臉色鐵青。

「都是爸爸要棄養的！我當初根本不曉得！我還以為傑克是送去給鄉下親戚！」像是隱忍了多年的擔憂與懷疑終於爆發似的，嘉蕾忽然高聲對媒體宣告，隨後摟住阿金脖子大哭出聲。

「傑克，對不起……謝謝你當年幫助我……」

十、傳奇解密

阿金瞬間雙耳往後豎，很不喜歡被摟住的牠，只能頻頻後退。杏兒原本想將嘉蕾的手推開，但看到她哭得像個小女孩般，心頭也一陣痛。

嘉蕾大概長年都擔心著當年的傑克。

張院長或許也終於想開、想替女兒討個答案，才會答應來此碰面、想碰碰運氣看能否帶回阿金。

看到愛面子的張院長一時語塞，嘉蕾哭哭啼啼道：「其實……這麼多年來，我真的非常感謝這隻狗，現在我們已經搬到更好的環境，有很大的後院與專屬的室內空間……這次我之所以來見傑克，也是希望能補償牠下半輩子的幸福！」

杏兒眉心一蹙，終於忍不住上前推開嘉蕾。「妳們已棄養一次，怎能保證不會再棄養二次？」

「是啊，這麼說來，張院長您的確是棄養！」瑪老師在一旁嚴肅指正道：「這在法律上是有罪的喔！」

「你們又沒有證據！只不過聽剛剛那個老人胡說一通罷了！」張院長還想硬凹，嘉蕾則起身拉住他，搖了搖頭。

「傑克現在幸福就好，這才是最重要的！要怪就怪爸爸你，把狗當垃圾一樣亂丟，我一直覺得這樣的你非常可惡！」

「我……」沒料到原本算好的戲碼竟成了一場鬧劇，張院長面紅耳赤。記者的鏡頭轉瞬間對準想開脫的張院長，嘉蕾連忙噙淚把他拉回車上。看見車子揚長而去，幾位狗爸狗媽這才露出如釋重負的笑容。

「太好了！還好面對那種小人，妳們做足了準備！」

「唉，我們家可把這件事當作天大的考驗一樣，每天都在想該怎麼解決……」爸爸一放鬆，就覺得雙腿一軟，後頭的狗友們也分享著這股安心，紛紛向她們恭喜。

「太好了，這陣子心上的重擔終於消失了。光想到可能會被奪走這隻狗，我竟然心如刀割……還好老天有眼！」媽媽也連忙摟住爸爸，感嘆道。

只有似懂非懂的阿金，一會兒看看其他狗友夥伴，一會兒又注視著黑頭車的離去，似乎在品味似曾相識的心碎。

最後，牠仍選擇將眼光放回小灝一家子身上，咧嘴淺笑。

「乖……阿金乖，絕對不會再讓你嚐到失去家的感覺！」小灝輕輕拍了拍阿金的背部，杏兒也湊上前摸了摸牠。

「汪！」雖然對事情的細節仍一頭霧水，但最後這句話，阿金是真真

十、傳奇解密

切切聽懂了。

🐾

學期開始了，杏瀨兄妹展開忙碌的生活，小瀨再度回到補習至晚間九點的日子。阿金總是在傍晚後進屋用餐，隨後就躺在客廳地毯的狗床上，半睡半醒地盯著大門方向。一有風吹草動，牠就豎起耳朵、坐起身。

「哥哥還沒這麼快回來啦！」媽媽在廚房忙進忙出，看到阿金這模樣，總是覺得可愛又可憐。

「嗚嗚……」像在埋怨著，阿金垂著杏狀的琥珀棕眼睛發愣，失望地將頭貼回地板。

「阿金真可憐……我來陪你玩吧？」

杏兒的補習班時間不如哥哥緊湊，只要她早點回家，必定會撥出一些時間陪阿金玩耍。

有時是把零食剪碎塞進益智玩具讓牠玩，有時則是在止滑地毯上與阿金玩丟彈簧球。

阿金也與杏兒越來越親近，偶爾在杏兒洗完澡、擦上乳液來看電視時，還會好奇地聞著杏兒身上的香味。

不過，不管是等著吃零食、玩玩具，還是日常生活的互動，只要杏兒下達狗醫生課程的指令，阿金都會立刻安靜無聲地配合，總會從好動的毛小孩模樣瞬間變成軍人般，充滿紀律。

但在大多數的時間中，阿金也越來越享受在家裡的時光，牠的睡姿從一開始的蜷曲緊繃、轉變為四肢放鬆的大字型。

以往聽到任何噪音都會先吠再說，現在即使聽到媽媽在廚房中使用果汁機、或聽到杏兒吹頭髮的聲音，阿金都只是困惑地動動耳朵、頂多起身走動，比以往緊張暴躁的樣子好上太多了！

「看來牠越來越習慣室內寵物的生活了啊……」這天夜裡，爸爸泡了杯咖啡坐上客廳沙發，開啟廣播新聞來聽，阿金也緩緩靠近沙發下，打起了盹。「阿金，看不出你現在這麼黏人啊？」

「農曆年過後的台灣出現了好幾週的好天氣，但氣象局今日發布豪雨特報，早春的梅雨季將在明天來報到，這波鋒面預計對北部影響最大，從早下到晚……」聽了氣象預報後，爸爸沉重地抱頭沉思著，一旁的咖啡放涼了，書也沒看進去。

客廳摺著衣物的媽媽，也注意到他的異狀。「怎麼啦？老公。」

「沒事……」爸爸看似沒了喝咖啡的心情，轉而和媽媽一起折衣服。

此時窗外響起一陣叮叮咚咚的敲擊聲，原來……下雨了。

「這雨還真是說曹操、曹操就到。」媽媽微笑。

「我在想……」爸爸的視線瞥向阿金。「前陣子我看了篇文章，說養在室內的狗比較長壽、身心也比較穩定……剛好氣象預告說這陣子都會下整天的雨，白天是不是要考慮也讓阿金進來呢？」

廚房削著水果的杏兒，忽然噗哧一笑。

「怎麼了？怎樣？」爸爸感到面子掛不住，畢竟當初說只能讓阿金在晚上進屋睡覺的人，可是他自己。

媽媽連忙伸手放在他肩上。「老公……不是啦，」她臉上掛起一絲倍感幸福的愧色。「其實……你外出上班的時候，我閒著一個人在家裡無聊，阿金又在落地窗外眼巴巴地看著我，我常常……偷放牠進屋呢。」

「什麼！」爸爸先是瞠目結舌，隨後……他如釋重負地噴出大笑。「妳們喔！從以前就愛對我訂出的原則蠶食鯨吞、步步逼近，還故意不告訴我！妳知道嗎？這陣子我看了那些『別把狗養在室外』的文章，總像堵住鼻息一樣胸口發悶。前幾天偶爾在公司看到窗外飄雨，也怕外頭那片小屋簷不夠阿金休息……結果，我真是白難過了！妳們怎麼不早點說？」

爸爸又罵又笑，一旁的杏兒忍俊不住，怕他又碎碎念下去，連忙叉了片削皮的蘋果塞到爸爸嘴裡。

「咕……嗚……」眼看爸爸一時疑似噎住的模樣，阿金緊張地坐起身來，又瞥見媽媽和杏兒憋笑的模樣，牠疑惑歪著頭。

「沒事！沒事！」爸爸連忙把蘋果吞下去，伸手摸摸阿金脖子安撫牠。母女倆的笑聲止不住，也將暖活的笑意傳染給爸爸。

阿金看見全家人都在笑，以為是在笑牠，一時又嗚嗚抗議起來。

此時，剛回家的小灝默默推門進屋，撞見這一家子在暖黃色的客廳笑開懷的模樣，心底泛起一股蜂蜜般香甜的暖意。

雖然不知道家人們為何發笑，但小灝也發自內心跟著笑了起來。

「這個家，比以前更像個家了。」他滿足地想。

而當小灝親耳聽到阿金可以一直住在室內的好消息後，他更是激昂地摟住妹妹，歡樂大笑。

原本在學校與補習班染上的壓力與疲勞，也一掃而空。

十一、高級班挑戰

不知不覺，阿金從狗醫生『初級班』、『中級班』紛紛畢業。

生活上已沒有什麼需要阿金特別改進的地方，不過就是一些小小的隨性、淘氣、貪玩，這些都是狗狗的本性，爸爸本想就這樣不讓阿金去上課了。

想不到，阿金的生理時鐘似乎都算準了週末啥時來，若是不上課，就等於不坐車出門，阿金總會顯得特別焦躁，三五分鐘就嗚嗚低哼。

一開始，大家還不明白怎麼會這樣。

「唉，狗狗都知道週末要出門、要去玩、去見狗朋友，跟大家一起熱熱鬧鬧互動。長期下來就是這習慣，若不找機會帶牠出去，就會發悶呢！我們家兩隻馬爾濟斯小姐，就是這樣！」經過鄰居胡先生如此提醒，眾人才恍然大悟。

「唉，反正也沒差這點錢，就讓阿金繼續去上課吧！說真的，我平常上班也很累，能出去跟工作以外的狗友聊聊，我自己也很愉快呢！」

小灝很訝異爸爸竟如此慷慨，而『狗醫生高級班』其實是很熱門的課程，每次線上報名功能一開放、總是搶不到限定名額。

拖了兩期都報名失敗，一家人也野心十足，終於再度幫阿金報名成功！

十一、高級班挑戰

雖然平時在家以輕鬆隨性為主，但全家人都會使用零食替阿金複習一些基本指令，阿金雖然偶爾會嗚嗚抗議、一副懶得配合的模樣，但仍維持九成的準確率。

除了早上爸爸帶出門、晚上小灝補習回來會遛狗之外，媽媽偶爾中午也會牽阿金出去。平時若牠尿急，也會自行用爪子推開落地窗、去後院尿完才進來。

「我們家後院雖然醜醜的，堆了些雜物，花也隨便亂種……但光是讓阿金不用憋尿，這片小園地就非常值得了。」媽媽總打趣道。

高級班的課程非常具有挑戰性，也在狗友間蔚為神秘。

小灝在報名前曾經上網查過高級班的課程內容、也讀過前輩分享的心得筆記，但筆記往往上鎖、限定閱覽，更加深了父子倆對課程的好奇。

🐾

而這週末上的高級班課程，開始轉移到戶外。

在人來人往的購物廣場中，不但要求狗狗關注於主人的指令上，還要學習新項目，對於不喜歡人潮的阿金來說，是很艱鉅的挑戰。

不但放繩差點叫不回來，阿金還不顧小灝指令、好奇嗅聞路人的小孩，把對方嚇得哇哇大哭。

「大黑狗好可怕！不要過來！啊啊啊！」

眼看孩子差點崩潰，爸爸趕緊把阿金抓回來。

「嗚嗚？」阿金只是想交朋友，不料卻被斥責、又聽到孩子的哭聲，牠十分困惑，不明白自己錯在哪裡。

「沒關係，別責罵牠。狗狗想交朋友是好事。我記得阿金以前很討厭陌生人的啊！牠進步很多呢！」嚴肅的瑪老師卻有著溫柔的關懷心。聽了她的安慰，小灝父子倆也不那麼急躁了。

倒是阿金，大概是週末上課太累，也感到挫折了，整個週一都軟綿綿地癱在狗床中，不想起身。

「阿金……沒事吧？」

媽媽走過來摸摸阿金的背部，阿金卻厭煩似的彈起，跑到空曠的客廳沙發旁坐下。

「大概是天氣熱起來了，嫌狗床太悶。」媽媽則拿出以前小灝與杏兒使用的麻將涼蓆，替阿金鋪了個夏床。

十一、高級班挑戰

但阿金顯然心情不佳，還是低靡了一整天。

傍晚，媽媽聽見杏兒開門進屋的聲音。

「杏兒回來啦？阿金今天好沒精神喔，可能是週末的課程太難、太操勞了吧？咦……」

杏兒一反往常的多話開朗，竟招呼都不打就直接上樓，媽媽只來得及瞥見她的身影匆匆上樓。

「這小丫頭，鬧什麼彆扭啊？」

直到吃飯時間，杏兒才心不甘情不願地下樓，臉色鐵青。

「是生理期來了，不舒服嗎？媽媽晚點燉湯給妳喝好嗎？」

聽到『燉湯』，貪吃的阿金從狗床起身，坐到餐桌邊搖了搖尾。

「你就在吃的地方最精明！」媽媽虧道。

難得提到阿金時，愛笑的杏兒卻一點表情都沒有，媽媽又多問了幾句，杏兒都只是搖搖頭。

「考不好嗎？沒有關係啦，下次再努力呀！知道自己錯哪裡就好。」

杏兒苦笑，只是心不在焉地吃著飯，邊滑著手機。

「我說過飯桌上別玩手機，請妳先放下吧！」

沒想到杏兒擺出臭臉，接下來的用餐時間都更加沉默了。

「別管她。」

爸爸也不開心了，不想看到媽媽苦惱的模樣，低聲勸道：「孩子也大了，有些事不想說就算了。我們不用什麼都知道。」

「好吧……」媽媽委屈回答完，這才開始替自己添菜。

杏兒像是想表達愧疚似的，今天主動洗了全家人的碗，但稍後就匆匆上樓去了。

但她忘了帶手機回房，手機振個不停，媽媽怕有要事，便先瞄了一眼螢幕。上頭只顯示有數條ｌｉｎｅ群組的留言，大概只是同學間的交際打屁。

「杏兒，妳手機忘記拿囉！」媽媽才剛把手機遞進門縫，杏兒就鐵了臉色、一把搶過去。

「妳不要碰我東西！」

「我沒有故意碰妳東西，是好意幫妳拿上來而已。」

「不需要！」杏兒憤怒回嘴，連忙關上門。

媽媽直覺猜想，或許杏兒是覺得隱私受到侵犯。

十一、高級班挑戰

「唉，我也年輕過，當媽媽拿起我和班上同學的交換日記，我也是氣得七竅生煙，哈！只是現在的女生都在臉書和ｌｉｎｅ寫心情，怕媽媽瞄到也是理所當然。」

爸爸一臉佩服。「妳還真開明，但杏兒不該對長輩沒禮貌，我明天好好說說她。」

「算了啦！只是鬧鬧小脾氣。」

兩人說話時，阿金緩緩從狗床起身。

牠忽然來到大門口坐著，紅茶色的雙眸閃爍期待光彩。兩分鐘後，大門傳來小瀨插入鑰匙的聲音。

「哇，阿金，你有預知能力啊？怎麼知道哥哥要回家？」媽媽驚嘆道。

「大概是聽到小瀨的腳踏車聲吧？」爸爸笑道：「光是這樣也很了不起啦！」

小瀨放下書包與一大袋沉重的參考書，在大門口的收納籃中拿出阿金的牽繩與胸背帶。

「我現在就帶阿金出門散步囉！」

「哦！好啊！我也一起去吧！今天都沒出門走走，我想順便去超商買偶像雜誌！嘻嘻！」媽媽露出少女般的笑容。

「真拿你們沒辦法，路上小心啦！」爸爸不禁莞爾。「我會先泡茶等你們回來的。」

晚上九點半到十點之間，是小灝補習回來最疲倦的時刻，以往他總是累得一句話也懶得說，但現在有了阿金，說什麼也要搾出最後的體力與精神，陪阿金散步。

不，說是「搾」就不對了，倒不如說是小灝看見阿金蹦跳搖尾、歡迎他回家的樣子，總是發自內心想為牠做什麼。

「等哥哥一天了，辛苦你啦！」他總會體恤摸摸阿金，邊等阿金平靜下來、才替牠掛上繩子。

見到阿金開朗的笑容，小灝心頭不自覺湧出亢奮，而阿金輕盈走動、歡喜嗅聞地面的神采，也總讓小灝累積整天的疲倦一掃而空。

就連他那顆追逐成績數字、背誦大量知識的發脹腦袋，也一下子清淨了。

「阿金走路的樣子真好看呢！剽悍又雄壯！」媽媽也讚嘆道。

「對啊，而且牠沒像剛來我們家時那樣死拉繩子，會保持鬆繩姿態、慢慢往前走。」小瀨心滿意足。

遇到其他鄰居遛狗時，阿金不會仗著自己體型大就猛衝過去，而是會先友善地繞圈，慢慢嗅聞對方的臉部與臀部。

即使有些激動的小狗會忽然撲過來，阿金也會下意識閃避。

反之，若有時阿金看到其他狗兒沒什麼反應，小瀨也不勉強牠，自然把阿金帶開。

偶爾遛狗會有爸媽陪伴，一家人出來走走，冬天暖身子，夏天則吹吹晚風，讓一天的收尾得以悠閒下來，不再戰戰兢兢。

今天，趁媽媽進超商挑選雜誌時，小瀨牽著阿金在外等待，一面刷著臉書。

「咦，妹妹好幾天沒發臉書動態了。以前都會曬曬自拍、說說大道理，怎麼這幾天這麼安靜？是因為快考試了嗎？」

隱約察覺杏兒的異狀，小瀨正想線上傳訊給她，在狗醫生課程認識的某位狗友張姊姊就打了電話來——

「我們這一區的醫院正在辦健康檢查折扣喔！要不要帶阿金一起湊優惠？」

「也可以啊……想想阿金還沒作過完整的健康檢查呢！因為實在太貴，我不好意思要求爸爸。」

「所以才要趁優惠一起做！」張姊姊繼續強調道：「我們家小胖有阿金作伴看診，也不會那麼緊張。五折的優惠，能省很多錢唷！再說……你應該還沒替阿金打預防針吧？」

小瀨汗顏道：「狂犬病是打了，但十合一疫苗上次問時缺貨，因此都沒打。」

「這次就一起吧！該做的事做一做比較安心！」

小瀨仔細一想，身為飼主，除了供給狗狗日常所需之外，也要替牠們負起醫療責任，俗稱「預防針」的疫苗正是因為能預防許多可怕的奪命疾病，才有施打的必要。

小瀨答應張姐姐後，回到家敲了敲杏兒的房門。

「妹，週末要不要陪我和阿金去打疫苗？多一點人去，阿金會以為要去玩，比較不緊張。」

「不去，最近很忙。」杏兒只丟下這句話。

「妳很忙？該不會是交男朋友了吧？」小瀨打趣問，不料杏兒發怒了，

十一、高級班挑戰

竟假裝沒聽到。

「唉，我真是不會問話，越幫越忙……只能請爸媽旁敲側擊了。」小灝當晚就偷偷傳ｌｉｎｅ給爸媽，怕大家打草驚蛇。

畢竟杏兒個性吃軟不吃硬，若是用罵的、用問的、用逼的，她絕對會把祕密埋藏得更深……

「原以為是小姑娘鬧鬧脾氣，這次好像真的滿嚴重的呢！」遲鈍的爸爸，還與媽媽商討對策，費了一番心。

想不到，當晚媽媽好不容易等到杏兒回家，發現她還是臉色慘淡，無精打采。

「我們全家好久沒去看電影了，爸爸上一季發的年終還有剩，我們去吃大餐、看電影吧？」

「我不去。」

媽媽追問：「怎麼不去呢？」

「沒心情去！」

「那妳有沒有想做的事，媽媽陪妳週末一起去做。」

「我又不是小孩子了！」

杏兒防備地把飯端到客廳沙發上吃。

「真是討人厭的孩子！脾氣真驕縱！」爸爸忍不住罵了一句，又在媽媽的阻止下住了嘴。

杏兒原本還邊拿著手機滑、邊配著客廳播放的電影，忽然委屈地哭了出來。愛面子的她，只是靜靜流淚，還刻意換了個爸媽看不到表情的角度背向她們，盤腿而坐。

聰明的杏兒連哭泣都如此保密，爸媽當然沒有察覺，仍在餐桌上吃飯閒聊。

此時，阿金從睡窩中爬了起來，儼然在追隨杏兒的腳步似的，牠來到沙發旁。先是聞了聞杏兒翹起的小腳，阿金目不轉睛地望向哭得眼睛紅腫的杏兒，像在疑惑「小主人怎麼了？」

隨後，阿金朝沙發一躍而上，跳上杏兒身旁的座位。

「咦……」杏兒嚇了一跳。

畢竟阿金被爸爸用報紙敲過屁股後，就再從沒做出跳沙發的行為，平常牠望著沙發上癱著的人，也總是一副賭氣樣，不想再犯錯被罵。沒想到，這時卻毫不猶豫地跳了上來。

十一、高級班挑戰

「阿金……」

怕被爸爸發現阿金的踰矩，杏兒推牠屁股暗示牠下去。

不料，這時杏兒才發現，阿金根本不在乎跳沙發會不會被處罰。

此刻，牠只是緊緊地、深深地，將自己的大頭塞進杏兒懷裡。

好似想陪伴杏兒這般，阿金將整個身體都貼了上來，還舉起前腳輕輕摟住杏兒的腿。

動也不動，推也推不走，溫暖的動作中，帶著阿金一貫的固執。

「小笨蛋……」杏兒破涕為笑。

「就你最乖，最懂我，對不對……」杏兒揉著阿金烏亮的脖子皮毛，阿金也掀起嘴皮，躺下對她微笑撒嬌。

「一把年紀了，還跟小狗一樣裝可愛！」杏兒雖念著，臉上卻湧現擋不住的笑容。

阿金瞇起眼，一副不論怎麼說都無所謂的模樣，還用鼻子將杏兒緊握住的手機推開。

牠比誰都清楚，杏兒負面情緒的來源，其實就是那支隨時不離身的手機。

阿金不懂主人們老是低頭看著這些發光的小板子做什麼，只知道這東西太可惡了，老跟自己爭寵！

主人只要一看起這種小板子，就開始不看牠、也不管牠了。

更何況這奇怪的東西，還讓主人悶悶不樂、傷心流淚，太該死了！

阿金用力一頂，將杏兒的手機再度推走。

「好啦，我知道啦！我不再看那些ｌｉｎｅ訊息了！反正裡面都是些說我壞話的爛人！」

杏兒罵著罵著，一時還沒發覺她心頭的烏雲正緩緩退散。

邊專注地揉著阿金、邊吃完飯，她在電影的世界中放鬆心神。半個多小時過去，杏兒發現沒緊抓手機讀訊息的自己，倒也沒少塊肉，反而神清氣爽了些。

「阿金，謝謝你。」

阿金緩緩起身，似乎正要回應杏兒的話似的，忽然間……

後頭一捲報紙打了過來！

「壞狗！跑到沙發上做什麼！」

爸爸罵道，故意用報紙拍打椅背驚嚇阿金。「杏兒，妳吃飯拖拖拉拉，

十一、高級班挑戰

還讓狗上沙發！怎麼不阻止牠？你哥哥和我平常教狗教得多辛苦，妳別破壞我們好不容易建立的原則！」

「欸！」

杏兒的情緒頓時從天堂再度掉回地獄，暴走吼道：「說得這麼厲害，好像自己很了不起似的！會教狗就很了不起嗎？阿金是想陪我、安慰我，牠做得比你們這些白痴都好多了！」

「妳做了什麼事需要安慰！」爸爸罵道：「我生出妳這種沒家教的孩子，我才需要安慰呢！」

阿金以為爸爸要拿報紙打杏兒，一時間雖害怕地縮起耳朵，身體卻不忘護住杏兒。

牠無辜貼心的模樣，讓杏兒心疼得哭了出來。

「乖，阿金~」杏兒摟住阿金，兩人快速離開客廳，留下一臉錯愕的爸爸。

「搞得我好像是壞人一樣，我只是要狗別上沙發，這點小事也能給我哭成這樣！」

「好啦，老公，別這樣大小聲。」

杏兒氣沖沖地把碗筷洗好，衝回客廳拿手機，一連串快速的動作讓阿金誤會她是要拿玩具給牠，便一臉愉悅地跟在後頭。

彷彿剛才的不快，都已被阿金拋到九霄雲外似的。

「阿金……你道性真高，我該跟你學習。」杏兒看到阿金天真憨厚的肢體語言，不禁苦笑道。

十二、阿金的健康檢查

「阿金再不加油，高級班可能無法畢業喔！」

眼看高級班上了幾週，阿金的進度遲遲追不上其他狗同學，瑪老師好意警告，一瞬間讓本身功課壓力很大的小灝愣了愣。

身為一個高中生，他深知學習本身就是一件充滿壓力的事，但沒想到養狗上課也會面臨如此窘境，小灝替一旁歪著頭傻笑的阿金感到難過。

被老師選在下課前如此「提醒」，心裡難免不是滋味，但小灝仍掛起笑容向老師說謝謝。

爸爸則低聲說：「唉，其實我也很為難。我們到底狂逼阿金練好考試呢？還是就放牠順其自然？畢竟不能畢業，也就算了啊！牠又不是真的要去當狗醫生，對吧？」

「真的，我也覺得狗狗開心、守規矩就好，即使有時有點落漆……但一直逼牠練習、只為了求畢業，就讓原本開心的事成了壓力。」

正逢下課放學時間，緩緩走出活動中心之際，家裡養了三隻喜樂蒂牧羊犬的張姊姊聽到父子倆的對話，笑道：「有些人來上課、只求改善問題，有些人則真的是以順利畢業、當狗醫生為目標……大家都做出對狗狗好的決定，就可以了。」

「不過，說來汗顏，雖然這個課程就叫『狗醫生』，但我還不太明白到底狗怎麼當醫生。」爸爸露齒苦笑。

張姊呵呵道：「總之，就是讓狗狗去療癒各式各樣的社會大眾，讓他們認識台灣流浪動物問題、並學習怎麼跟狗兒相處。除了擔任愛心大使之外，飼主與狗兒也可以自行選擇是否參加協會指派的活動，並不強制要求。如果想帶狗狗一起出門玩順便做公益，是很好的安排。我們家就是這樣，兩隻狗兒都是狗醫生，現在這隻小胖，也終於要高級班畢業啦！」

爸爸露出佩服的表情。

小灝則氣定神閒地解說：「狗醫生的具體服務內容主要有兩種——『陪伴活動』與『復健治療』。『陪伴活動』中，狗兒會去探視有需求的人們，人們也能獲得和狗兒相處、認識狗兒的樂趣；至於『復健治療』則是透過復健師的設計，讓病患藉著幫狗兒梳毛、活動、玩遊戲等動作，自然而然地運用身體的肌肉。」

張姊頻頻點頭。「小灝，你真是太專業了！不愧是高材生！」

「唉，當初我根本不敢想像阿金能當醫生，只求牠學會指令就好……」

小灝搔搔頭笑道：「雖不知阿金能否當成狗醫生……但我倒是很羨慕北歐

人呢！像北歐不少國家都可以讓狗進出醫療機構，陪伴癌童、失能老人。調查顯示，有狗醫生參與療程的病患，痊癒指數較高、心情也較為穩定正向啊！」

三人牽著兩狗繼續往停車場走，阿金氣喘吁吁地走在小胖身邊，畢竟天氣熱了起來，小胖蓬蓬的毛髮上被套了一層散熱涼涼衣，模樣比後頭喘氣的阿金自在許多。

「阿金，我們等等就去醫院做健康檢查，順便吹冷氣囉！」爸爸連忙也順口問了張姊：「小胖的涼涼衣真威風，我也要給阿金買一件。」

「對啊！黑狗的毛色特別會吸熱，夏天真是辛苦了！」小灝也說。

與養狗的朋友在一起，總有聊不完的話題。

🐾

到了醫院，兩人報上健康檢查的折扣優惠通關密語，順利讓阿金與小胖都完成基礎檢查與血液檢查。

「要不要加購X光服務呢？」醫生詢問：「中年狗狗，最好還是要追蹤一下是否有骨刺的問題。」

十二、阿金的健康檢查

「不了。我已經要給阿金買涼涼衣，預計要花錢，目前牠走路與跑步姿勢也很正常，我是覺得不需要。」爸爸婉拒。

健康檢查與預防注射都已完成，大家結帳離開醫院。阿金彷彿也知道自己是健康寶寶，又或許是脫離了醫院那種人生地不熟的壓力環境，牠在車上一路笑開懷。

才回到家，阿金一臉虛脫直奔狗床，倒頭大睡。

「要不要叫牠起來吃飯呀？」媽媽今天烤了披薩，另外給阿金準備了不加調味料的牛肉鮮食，但阿金不賞臉，只是呼呼睡著。

「會是太熱中暑了嗎？是不是進出冷氣房的關係？」杏兒蹲在鋪有涼蓆的狗床旁，摸了摸阿金。

「嗚……」阿金勉強睜開眼睛，舔舔嘴巴，但仍沒起身之意。

「醫生有交代說，打完預防針會比較累一點。大家別擔心。」小灝精明地轉述醫生的話，沉穩用餐。

到了晚間七點，全家人移師到客廳觀賞電影，阿金總算起身了。

牠第一個動作，便是先朝水碗走去……

「喀……喀……」爪子踏在地上，發出不太協調的遲緩聲音。杏兒回頭一看，驚叫了出來。

「阿金，怎麼走路一跛一跛的！」

小灝也驚呼：「怎麼會這樣！你們看牠的右後腳！」

阿金顯然是被眾人的呼聲給嚇著了，一時間原地定格不動，瞪大琥珀色的眼睛。

「阿金，再走幾步，爸爸看。」

聽到爸爸忽然放柔的聲音，阿金以為有什麼好康的，吐舌朝大家奔來。看見牠一拐一拐的跑來，眾人心都涼了。

「怎麼會打了個針就跛腳了……」爸爸百思不得其解。

「對啊！剛剛也沒有人碰牠，牠也不可能拐到腳什麼的。」小灝十萬火急地拿手機上網查資料。

「會不會是需要照X光才能解決的問題啊？醫生才跟我說，中年狗狗容易有骨刺之類的……唉，早知道今天就順便健康檢查！」爸爸急了，語氣也氣餒起來。

杏兒與媽媽忙著弄熱水袋、想幫阿金熱敷有問題的那隻後腿，但阿金嫌熱，都輕咬空氣警告她們別抓著自己的腿。

十二、阿金的健康檢查

大家怕越弄越糟，只好先讓阿金自由來去。

阿金在客廳走來走去，老神在在，只是後腳拐著拐著叫人看了難受。眾人熄燈上樓前，牠也一副沒事的模樣，回窩休息。

「好吧！無論是什麼病，至少牠看來沒很難受，反正明天就可以去看醫生了。」媽媽豁達地拍拍爸爸的肩膀，爸爸則愁眉苦臉。

「好好一隻狗，忽然變成這樣……真煩。」

煩歸煩，隔天一早爸爸六點多就衝下來，帶阿金出門散步解尿、順便觀察牠走路的狀況……

但才看到阿金邁開步伐的模樣，爸爸的五官就糾結成一團。

「唉，原本以為會自己好……沒想到還是一樣。你這小子真讓人操心，到底會不會痛啊？」

遛狗回來，孩子們也起床了，大家煎熬地等到診所十點半開門，掛第一個號碼進去看診。

「還是要先拍X光喔！」醫生不敢下定論，眾人把扭成一團的阿金固定在X光室。

接下來的十分鐘，阿金嚇傻了，高聲對人類又吼又罵，最後才終於在另外兩位溫柔專業的護理人員協助下，拍妥X光。

「其實阿金很乖啊，只是不懂我們要對牠做什麼。牠過去可能吃太多苦了，才這麼防著人。」護士摸摸阿金，阿金也得意地仰頭享受撫摸。

「真是個老色鬼，有陌生姊姊摸就這麼開心！」小灝一說完，眾人這才從緊繃的氣氛中爆出笑聲。

眾人又等了醫生幾分鐘。

雖等待很難熬，但一聽到醫生終於來宣告病情，確定不是骨裂或骨折，大家才稍稍安心。

「是退化性關節炎喔！其實阿金的脊椎也有些增生骨刺，但沒影響到什麼，中年狗狗有點骨刺很正常，不要讓牠常常爬樓梯、跳上跳下，注意別惡化就好。」醫生用穩重而溫暖的語氣繼續解說X光片。

「但腿這裡就比較嚴重了，右後腿這層霧霧的物質，代表有組織在發炎。應該有點不舒服了，狗狗才會縮著後腳一跛一跛地走路。這是很典型的退化性關節炎，也是無可避免的老化現象。」

「什麼……」杏兒感覺眼前一片漆黑，爸媽也青著臉，暫時無法消化這麼多資訊。

十二、阿金的健康檢查

但小灝昨晚熬夜爬文做了功課，對這樣的結果，他多少有了些心理準備。

醫生看見眾人哭喪著表情的悲觀模樣，苦笑道：「退化性關節炎不會痊癒，但能控制到看不出來。」

「要怎麼控制？」一家四口異口同聲。

「要吃關節保養品，葡萄糖胺和軟骨素都要吃，相輔相成。」醫生回答：「像阿金其實已經有點痛了，所以要吃含有止痛配方的保健品。等等醫院會推薦適合的產品和劑量。每天都必須要吃，得吃一輩子，所以不少飼主會有自己預算的考量……」

爸爸心涼了半截。

「每個月要花多少錢呢？」

醫生答：「要看產品種類。像阿金算是中大型犬，劑量會吃得比小狗兇一點，每個月大約兩千元。若要吃更好的成份，可能三四千元跑不掉。」

「天啊！我給孩子每個月的零用錢，都沒這麼多欸！」爸爸又抱怨起來，媽媽面帶尷尬，連忙要他在醫療團隊面前少說些沒用的話。

或許是生氣了，也或許是不甘願，爸爸一直到看診拿藥前都沒再開口。

「至少這病是能控制住的啊！」杏兒說。

「對啊！其實狗狗到了中老年，才是開始需要花錢的時候，所以不少人都愛幼犬，老了病了就丟掉。」媽媽緩了緩沉痛的語氣：「沒關係的。反正我也有在經營網拍當副業，阿金的錢……我們還不至於出不起，對吧？」

爸爸仍沉著臉，默然不語。

小灝打起精神擠出笑臉。「我和妹妹升學也都會選公立學校，盡量替爸爸省錢。」

「那不是廢話嗎！」爸爸翻臉低聲罵道，一家人又暫時噤了聲。

「我們家真的這麼窮喔？」杏兒低聲問媽媽。

「貧賤夫妻，百事哀。」小灝也悄聲回答她。

「我都聽得到喔！」爸爸斜眼看向兄妹倆。

「唉，你爸遇到花錢就不開心。別跟他的壞脾氣起舞，之後他自然會拿錢出來。」媽媽微笑。

候診室角落裡，一對推著嬰兒推車的老夫妻苦笑道：「真是歡樂的一家人呢！」

十二、阿金的健康檢查

「真不好意思……打擾到各位。」媽媽欠身道。

這時，眾人才看到，老夫妻推車中的並非小嬰兒，而是一隻衰弱得連眼睛都快睜不開的黃金獵犬。

牠的鬢毛發白，皮也鬆垮垮的，呼吸急促起伏，看樣子不太舒服。但唯一讓人感覺安慰的是，狗兒仰躺在鋪滿了夏日涼蓆的寬敞推車內，暫時睡著休息了。

「請問……」杏兒忍不住發問：「狗狗怎麼了呢？」

「我們家小米得了慢性腎衰竭。」

老婆婆露出苦澀的微笑。「雖然是有持續在控制，但畢竟牠是十二歲的老狗了，對抗病魔本來就較少勝算。每次發病都像去鬼門關走一遭……這次大概又要住院了。」

「我剛剛還先去提款機領了一萬多元，上天要我們家小米怎麼樣我不知道……但唯一能做的，就是每次都盡力救治，絕不對死神服輸。」老公公拍了拍老婆婆的肩膀。

「真的很怕小米會離開我們……但還好，現階段我們還有能為牠做的事。」老婆婆眼眶泛淚。

老公則溫柔地遞給她面紙。「好啦，別哭啦！狗都還沒走，我們就在這裡哭成這樣！不是說好要盡力而為嗎？」

「其實到這個年紀了，也知道生命都有生老病死，但還是想彼此陪伴走這最後幾哩路。」

老婆婆看杏兒也跟著哭紅鼻子，連忙出聲安慰她：「小妹妹，別難過。我跟這臭老頭還沒完，不會隨便放他和小米比我先走的，哈哈！」

小灝摟住杏兒，對這對夫妻點頭致意，一切盡在不言中。媽媽正想向對方說些什麼，護士小姐已經叫到對方的號碼。

「謝謝、再會啊！」老公公扶起妻子，兩人鼓起希望，快步將推車中的小米推入診療室。

另一位護士與媽媽結清了醫藥費，並再度叮嚀這陣子別讓阿金有任何滑倒、絆倒，也要限制跑跳的頻率。

一家人在沉重的氣氛下牽著阿金出門，剛才感受到的事物太過震撼，使大家頭都不禁低垂。

唯有阿金興高采烈，像是在暗自慶祝終於能離開獸醫院了。畢竟方才的X光拍攝對牠來說，可是極度恐怖的經歷呢！

十二、阿金的健康檢查

看見阿金愉悅的模樣，杏兒與小瀨相視苦笑。

「阿金，」媽媽對牠搖搖手中的醫院紙袋。「我已經把你的關節保健品拿在手裡了，回家我們就先吃，別擔心了。」

「牠才沒有在擔心。」小瀨憋住笑容。

一家人走向停車場。

此時，始終走在前頭不理人的爸爸，忽然轉過頭來。

「唉，我剛剛的抱怨，聽在那對老夫妻耳裡……一定像個笑話。」

「別這樣，每個人對養狗有不同的想法嘛！」媽媽掛起溫暖的笑意，聳聳肩。「也不用因為別人這樣，就苛責自己。大家都選擇自己認為對的方式去做就好。」

「不知道以後阿金變得更老，會不會像對方的狗那樣……」杏兒哭喪著臉，不捨地摸著阿金的下巴。「光想到萬一阿金以後也那樣痛苦，爸爸又每逢花錢就生氣，我就感到一股深深的悲哀。」

「什麼『一股深深的悲哀』！臭ㄚ頭，妳愛情小說看太多嗎？」爸爸連忙改口。「我什麼時候一花錢就生氣了！我只是一時難以接受而已……現在，我倒是慶幸，阿金只要花我們這點錢……只希望牠能健康起來，這才是最重要的事啊！」

爸爸正好對上阿金投來的水汪汪視線，一時心軟，熱烈擁住牠的脖頸。

「嗚嗚？」阿金莫名其妙地豎起耳朵，用求救的眼神瞥向小灝，大家輕聲笑了起來。

十三、醫生的資格

這陣子，爸爸在樓梯口訂製了一個滑動式的木製門擋，阻止阿金再自行一階階跳上樓。全家帶狗散步時，也避開有高低差的複雜路段。

「來，阿金，吃保養品囉！」杏兒與小灝每天替阿金製作絞肉丸子，再將丸子蒸熟後塞入藥丸，阿金倒也連續吃了兩週。

不過，牠的腿一直都沒有起色。

「若下週末考完狗醫生的資格考，阿金還沒好起來，我就直接帶牠再去其他間醫院吧！只看一間果然還是不保險啊……」爸爸每看到阿金跛腳的模樣就心煩。

倒不是因為要花錢，主要是擔憂阿金的傷勢不簡單。

這周的狗醫生課是實習課的郊遊遠足，協會將請真正具有資格的狗狗醫生們出勤，為阿金與其他狗狗學弟妹示範。

「並不是有了資格，就一定要成為狗醫生。未來要付出多少時間參與，都看飼主與狗狗醫生們的狀態來決定喔！」帶隊的瑪老師微笑著一再強調。

「反正也無傷大雅，我們就跟來瞭解看看吧！」基於這樣的理由，小灝與爸爸也帶著阿金來到今天的實習地點。

這是一間擁有淺藍矮磚牆的育幼設施，收養了許多基於各種理由、無法與監護人同住的孩子們，年齡大致為十歲以下。

雖孩子們說話聲吵了點、動作又很粗魯，但一看到這麼多各種毛色個性的狗狗醫生蒞臨，大家臉上都洋溢著開朗的微笑，群聚在活動中心。

「我們歡迎今天的狗醫生『瑪莎』與『嘎魯』。」瑪老師指向一旁蓄勢待發、面露微笑的小吉娃娃與體型如小馬般巨大的大丹狗，兩隻體型相差甚多的狗兒感情很好，走路時也一前一後，互相禮讓。

「今天也有實習狗醫生『阿金』、『小胖』參加喔！」瑪老師又介紹小灝牽著的阿金，以及張姊養的牧羊犬小胖。

「我覺得……阿金應該不太喜歡這種吵鬧的環境。」爸爸不好意思大聲批評，只低聲對小灝說：「如果牠開始有閃躲、左顧右盼的狀況，你又無法勸告對方輕柔一點的話，就請你直接把阿金帶開也沒關係……」

一旁的助教也點頭說：「不用擔心喔，我們今天就是要讓小朋友認識狗狗，所以一定會教導她們如何正確對待狗兒，最怕就是造成狗醫生的壓力。」

有了這層說明，看見在場的孩子們因瑪老師的種種解說而穩定下來，小灝也終於放心。

出乎意料地，阿金不但不討厭個頭只比牠高一點的孩子們，反而罕見地對陌生人搖了搖尾巴。

「阿金在跟各位打招呼喔！」瑪老師也微笑地對孩子們解說。

「阿金，握手！」忽然有個孩子粗暴地對阿金下指令，雖立刻被阻止了，小灝臉上也浮現了不悅，但阿金自己倒是不太在意，任由其他自願幫牠梳毛的孩子圍了上去，還乖乖照爸爸的指令趴下。

「沒想到牠在外面還能這麼放鬆……才第一次來這裡欸！」小灝看見阿金積極的態度，眼眶一陣熱。

阿金真的很樂在其中，不管是任由小朋友牽著牠走路，還是在小灝的陪伴下表演各種指令，都有求必應。

若遇到太熱情的小朋友與牠對上眼，阿金也會友善地轉頭迴避，但尾巴不忘搖個幾下。

「我們家小胖超討厭小孩子，都不理人，阿金真棒！」張姊也對阿金的表現讚不絕口。「牠根本不像實習醫生，快把其他正牌狗醫生的風采搶走啦！」

「是啊！阿金雖然長得很有個性，但意外地有顆能與人打成一片的古道心腸。」瑪老師也低聲讚許。

就在大家閒聊之際，阿金注意到角落有位害羞的小女孩，還主動朝對方搖了搖尾巴、伸出前腳做出趴姿，像在邀請對方來玩。

小女孩雖看似有點怕狗，但總算對阿金伸出了小小的手掌，輕輕摸了牠的胸口兩下。

「其實……我好像錯看阿金了呢！」瑪老師尷尬笑道：「之前以為牠的許多指令都跟不上進度，其實牠有顆符合狗醫生資格的心呢！」

「什麼意思啊？」爸爸問。

「樂於服務眾人的心。」瑪老師驕傲地露出稱許的表情。「這可是做出各種完美指令的狗狗，都未必具備的資格喔！請你們一定要讓阿金參加資格考唷！」

小瀨原本還不敢相信，但當為期一小時的活動結束後，阿金還頻頻回頭望著與牠說再見的小朋友們，眼神閃爍著炙熱的琥珀色光芒。

「搞不好，阿金還真的會是個很棒的狗醫生。」小瀨心想。

十三、醫生的資格

每天牽著狗在熟悉的社區巷弄散步，哪裡的鄰居剛裝潢了大門、哪戶人家也養了狗、哪個巷弄裡藏著什麼樣的貓咪，諸如此類的小事都變得很容易觀察。今晚剛結束補習班課業的小灝，也一如往常，悠哉得牽著阿金散步。

幾小時前下過雨，但地面上仍輻射著不少熱氣，因此小灝仍替阿金穿上白色條紋的涼涼衣，讓牠能在降溫的狀況下舒服散步。畢竟阿金是黑狗，晚上遛狗若遇到暴衝的汽機車也很危險，因此小灝還在阿金項圈上掛著會發光的警示小燈，自己也會打開手機充當手電筒，兼顧安全與方便。

「哇！這隻狗行頭真多！」巷口一位慢跑阿伯笑道，小灝也對他伸手打招呼。

由於之前對阿伯毫無印象，小灝猜測大概是巷底剛搬來的新鄰居，原本以為阿伯就會這樣繼續跑遠，不料，他卻折返了回來……

「弟弟，你這隻狗，是『台灣犬』吧？」

「什麼？」小灝不解。「牠……應該是吧！牠在台灣出生。」

「不不，這隻狗的品種，正式名稱就叫『台灣犬』！」阿伯爽朗一笑，強調道：「俗稱叫『台灣土狗』，但已經被正名為『台灣犬』囉！你們年

十三、醫生的資格

輕人不都會上網?可以自己查查看啊!我沒有騙你啦!」

阿伯又停下來觀察著一臉疑惑的阿金。

「嗯，杏仁眼、鐮刀尾，真的是『台灣犬』!」說完，阿伯也不等小灝回應，逕自愉快地跑開了。

「『台灣土狗』我是有聽說啦，但……」邊遛狗邊滑手機太危險，小灝把一股好奇心，憋到回家才解決。

「台灣犬、台灣犬……」看到小灝彷彿中了咒語般、一回家就狂查手機，沙發上喝著茶的杏兒很好奇。

「怎麼啦?哥。」

阿金也以為小灝有什麼好康給牠，也匆匆忙忙跟在後面。

小灝低頭念著手機查到的新聞。「『日前，在義大利米蘭召開的會員大會上，世界畜犬聯盟決議，將台灣土狗正名為『台灣犬』，台灣犬已躋身為最具台灣特色的全球新犬種。』」

「好酷，感覺好時髦!」杏兒驚嘆道：「但為什麼要忽然查這個?跟我們家有啥關係?」

杏兒連忙往小灝身邊一坐。「啊!是因為阿金也是台灣犬?」

「有可能。」小瀨沉穩解釋：「剛剛遛狗時，新搬來的大叔跟我說，阿金是『台灣犬』，我想查一下。」

「你竟還能這麼冷靜！」杏兒說：「這可是大事啊！」

「什麼大事！」媽媽也連忙跑出廚房，手上還拿著醃蘿蔔。

杏兒雙手環住阿金的脖子，手指在牠身上點來點去，邊念出小瀨手機螢幕中的資訊。「台灣犬的特徵為尖長立耳、鐮刀尾、杏仁眼、三角形頭部……」

媽媽興奮叫道：「哇！阿金全部都符合耶！」

「嗚嗚？」阿金困惑地歪著頭，望向忽然亢奮起來的三人，尖尖的粉紅耳朵還轉了幾下。

「『台灣犬的毛色從白、黃、黑都有，但以黑中帶虎斑金色的毛色，最為稀有。』」小瀨終於揚起聲調。「哈，沒想到我們隨便撿到一隻狗，竟那麼稀有！」

「其實，很多人都說虎斑看起來很髒……」媽媽聳聳肩。「但我覺得很美啊！」

杏兒開懷揉著阿金的毛皮，雖然不曉得發生啥事，但阿金知道自己大概正在被稱讚，也愉悅地搖起尾巴。

「真是一群傻瓜耶！這點小事就高興成這樣！」剛洗完澡的爸爸邊擦著頭髮，邊苦笑地朝大家走來。雖語帶批評，但眼神卻非常認真。「我們也不是因為阿金有什麼品種才養牠。我們是因為喜歡牠、牠也喜歡我們，才一直住在一起啊！」

媽媽笑著反駁：「雖是這樣沒錯，但這樣的發現也是很驚喜、很有趣啊！」

「爸爸最掃興了啦！不能替我們開心一下嗎？」杏兒翻著白眼。

小灝憋著笑。「總覺得從爸爸口中說出『喜歡』這種字眼，好好笑！」

「別笑我啊！可惡！」

爸爸邊將毛巾包到頭上，邊蹲下身撫摸阿金，一家人擠在沙發上，輪流傳閱小灝手機上的台灣犬資訊。

「不過……話說回來，」小灝笑道：「我覺得多了一個新犬種名稱也很好，畢竟天下不喜歡『土狗』的人還是佔多數，不管是什麼狗，每個生命都有自己的價值，這些人只是讓那些狗狗的價值能被世人所理解而已！」

媽媽點點頭。「嗯，畢竟品種犬、米克斯，都是青菜蘿蔔各有所好，老是批評其中一方，其實沒有意義啊！品種是人定的，但每隻狗狗都一樣忠心可愛，也值得被愛！」

「台灣的許多傳奇故事，如西拉雅族的女戰士金娘、十八王公、黑狗精傳說，也都有提到台灣犬喔！」杏兒微笑道：「牠們的身影，可是一直穿梭在台灣的鄉野歷史中，從不缺席呢！」

全家人皆用佩服的眼神投向杏兒，一旁的阿金尾巴搖得更歡喜了。

「哎唷，看不出杏兒還是有在讀書嘛！」媽媽虧道。

「我讀很多課外書啊！不喜歡讀教科書就是了！」杏兒回嗆完，全家哄堂大笑。

十四、阿金的考驗

雖然提前見習了正式狗醫生的慈善活動，但阿金名義上仍在等待畢業考。

同時，小灝與爸爸若之後要以『狗醫生的飼主』身份出席活動，也應該要先完成志工課程。

所有的考驗，都是為了確保人狗都擁有正確的心態與行為。

高級班的畢業考課程，選在風和日麗的露天公眾場所進行。畢竟狗醫生日後需面對人多的場所，提前訓練狗狗在人潮中的反應與膽量，自然很重要。

「阿金常常到了一個新場所就叫不回來，難怪瑪老師先前會說，牠可能會考不過……」雖仍有點擔心，但小灝也不想因為此事造成阿金太大的壓力。

最近可能是出去作畢業訓練的日子太頻繁，阿金頻頻啃腳、舔腳掌，獸醫說這是累積壓力的表現。

「阿金，雖然明天就要考試，但若你真的不想做，哥哥也不會逼你。其實哥哥和爸爸都只是希望你快樂健康而已，知道嗎？」小灝對悶悶不樂的阿金說。

十四、阿金的考驗

阿金不知道有無聽懂，只是緩緩從狗床上坐起，伸了個懶腰。

但一到考試當天上午，阿金就焦慮地在家裡走來走去，嗚嗚低聲哭著。

「怎麼樣？是身體不舒服嗎？」小灝看到阿金拖著之前就不舒服的關節炎後腳踱步，父子倆決定暫緩考試，延到下一梯次跟其他狗狗考生一起考。

不料，阿金連午餐也不肯吃，散過步之後就一直趴在大門口，嗚嗚叫著。

「該不會……牠是在等出門吧？」媽媽換了個角度思考，低聲問：「阿金啊，你是想去考試，還是不想考試？」

「嗚汪！」阿金忽然雄厚地從丹田擠出吠叫。

「牠對『考試』這個詞很有反應耶！」媽媽驚呼。

「嗚汪！」阿金又吠了一次，眼中煥出興奮的神采。

「怎麼會這樣……阿金不是應該不想考試嗎！」小灝匆匆放下午餐碗筷，但他才走過玄關的置物櫃，阿金就跳了起來。

「你是真的想出去考試？」小灝指著櫃子上的胸背帶與牽繩，阿金哈著氣繞了兩圈，忽然又乖乖坐下。

即使情緒高昂，但牠仍沒忘記狗醫生初級班的課程「門前管理」——待在門前等著出門、卻願保持冷靜等待主人下指令。

「只好帶牠去考試了！」爸爸苦笑道，彎腰摸摸阿金。

「汪！」阿金又吠了一聲。

「好，但現在時間還沒到，兩點才出門，四點半考試，先讓我們吃午餐，你也先去休息。可以嗎？」

阿金聽懂了，立刻調頭，喝了幾口水後，牠寧靜地將自己的午餐吃完。模樣還真像個壓抑躁動的期待考生。

「好像小灝以前考高中的時候，哈哈！」媽媽噗哧笑道：「你以前還會在學測倒數兩週的時候，忽然邊吃飯邊嘆氣說『怎麼不是下週考呢？真想趕快考一考！』」

「哈哈，有其兄必有其弟。」杏兒撒嬌地望向小灝。

「嚴格來說，」小灝清了清喉嚨。「阿金算是我的哥哥，因為牠年紀大約是人類的五六十歲了喔。」

「這樣算太可怕啦！」爸爸連忙擺擺手。「這麼一來，阿金就比我大了！」

語畢，阿金也像抗議似的嗚了一聲，臭著臉躺回狗窩中。

🐾

北區「狗醫生檢定考」的地點，這次集中於台北。

驅車兩小時後，阿金可能是暈車，顯得有點懶洋洋的，下車也有氣無力，後腳跛得更明顯了。

「唉，吃了葡萄糖胺和軟骨素兩三週了，怎麼都沒什麼改善……」爸爸雖心疼阿金，但氣餒埋怨的情緒也佔大部分。

小灝牽起阿金慢慢沿著華麗的百貨公司戶外廊道走。

這次狗醫生檢定考舉辦的場地，在某個大型購物中心的後花園廣場。雖不直接與其他入場消費的賓客相衝，但也是熙來攘往，十分熱鬧。

因為正值盛夏，連地板都冒著熱度，阿金雖已穿上涼涼衣，但一時間車外車內溫差大，牠可能還沒恢復過來。

所幸考試的場地屬於半露天狀態，銜接著吹有涼涼空調的外圍商店街。

「阿金乖，喝水吧！反正還有二十分鐘才考。」小灝邊看錶，邊用折疊式水碗裝水給阿金。

十四、阿金的考驗

「你們太嫩了啦！這種重大考試，我們都提前到早上就到台北啦，狗狗如果暈車的話，就沒辦法考囉！」一旁帶著俊美棕色哈士奇的家長笑道。

「別理他。」牽著牧羊犬小胖到場的張姊低聲說：「對方不曉得考過幾次了，今天是來重考的。」

「原來如此……真希望阿金能一次考過，都走到這裡了，你可千萬別自亂陣腳喔！」爸爸揉著大口喘氣的阿金。

阿金看起來比往常遲緩了些，小灝連忙檢查牠舌頭與牙齦的顏色、用手觸摸體溫，又往牠的涼涼衣上噴了些水。「希望不是中暑……」

「要不要先牽阿金到處走走，熟悉這附近的場地？以免等一下牠才要探索環境，會增加叫不回來的風險。」張姊牽著小胖已經率先繞場走了一圈，小胖很是興奮，到處聞來聞去，小灝也牽著阿金跟在後頭。

「害我也跟著好緊張啊！」爸爸苦笑：「好像考生在看考場一樣！」

終於，考試開始，阿金抽到最後一號，小灝與爸爸都倍感煎熬。

今天的狗狗考官是生面孔，戴著眼鏡、身材微胖，表情嚴肅。但他對狗兒很好，還會先發零食給狗兒。

考試內容不給觀摩，小灝與爸爸等了好久，甚至中途還帶阿金去車上

十四、阿金的考驗

睡了個午覺。

「終於要考了！我的心快跳出來了！」雖聽到爸爸這麼說，小瀨只是苦笑，畢竟他去年才經過升學考的洗禮，帶阿金來考試，頂多就是演練一次平常的內容。至於能否通過，小瀨就交給天了。

「還好阿金現在不算太緊張。」小瀨牽著氣定神閒的阿金上場，主考官雖神情肅穆，但看到阿金坐到他面前哈氣傻笑時，仍淺笑回應。

「是『台灣犬』呢！」主考官說：「阿金，對吧？」

阿金認得自己的名字，又搖了搖尾巴。

「沒想到，您也說『台灣犬』這個詞！」

「當然啊，我有看報紙，這個正名運動很有趣！」主考官又笑了笑，讓小瀨的肩線更放鬆了些。

畢竟方才只在考場外圍嗅聞，這次進入考場內部，考官仍要阿金再到處聞聞走走，先熟悉環境，阿金也在小瀨的牽引下照做。

考腳側隨行時，小瀨順著地上箭頭，帶阿金完成U字型路線。

但後來的考試內容就比較難了。

只見考官助理拿了一堆零食、玩具堆在場地中想干擾阿金，牠疑惑探了探頭、動動鼻子，並沒有想大力掙開牽繩或拒走的狀況。

考官一直在眼鏡後方發出銳利目光盯著小灝與阿金，又不時寫著筆記。

「應該不是我們做錯吧？希望沒有被扣分！」即使不太安心，小灝仍穩著性子，一面鼓勵阿金，一面完成考試項目。

接下來，行走的過程中，考官助理推來輪椅、拐杖等會發出聲響的器材跑過阿金身邊，但阿金只是往小灝腿旁縮了縮，並沒有太激動的懼怕反應。

「阿金乖，這些我們平常都有練習了，你應該已經看到不想看了，哈哈！」小灝低聲替自己打氣，也替阿金加油。

接下來，又演示了撿拾食物但吐掉的動作。

下一關，小灝下指令要阿金原地等待，不顧有球飛來、有零食撒來，阿金都沒有起身，只是中間看到零食一度想自己開吃，疑似被考官扣分。

稍後，考官請阿金平躺，讓牠並不熟悉的助理們梳毛、撫弄，阿金也沒有面露惡相。

即便牠的姿勢不到百分百舒服，些微弓著身體，但也平安無事過了這關。

十五、長青醫院的怪老頭

之後是兩狗相會，類似路考「會車」的概念，考驗兩狗是否能友善冷靜相處。中間也請個別牽狗的雙方飼主停下來交談，讓考官觀察狗狗是否有躁動不安的狀況。

阿金雖有點想跟對方玩，但還是維持小瀨請牠坐下的姿態。

考官大概是累了，臉色也沒有方才那麼親切。「接下來是最後一關。」

「嗯好！」小瀨爽朗回答。

最後這題，小瀨也與阿金練習過很多次了。

「接下來的測驗，要請主人離開現場喔。」考官下令。

但當小瀨的身影逐漸走遠、甚至完全消失在阿金視線時，牠仍坐立難安、一度想起身。繞了一圈後嗚嗚叫抗議後，阿金大概是想起自己在考試，又勉強遵照小瀨離去前下的指令，安靜地坐回原地。

「怎麼樣?剛剛牠表現乖嗎?」當小瀨被通知可以回會場時，他心疼地抱住興奮的阿金。

一旁的助理並沒有回答小瀨的問題，畢竟考試不得用任何方式暗示考生表現。

「嗚嗚~」阿金在小瀨懷中不斷搖尾巴撒嬌。

十五、長青醫院的怪老頭

「讓你舟車勞頓、又一下這樣、一下那樣，真是辛苦了！」

「辛苦了，請從這邊離開喔！」助理替小灝指路。

終於意識到自己考完，這一刻，小灝肩上的重擔瞬間輕鬆了！

「阿金，快，我們回去找爸爸吧！」小灝狂奔起來，阿金也愉快地跟著他一起律動，咧嘴微笑。

「怎麼樣，考得怎麼樣！」爸爸從車中探出頭，也一副護子心切的模樣，頻頻關懷著阿金。

「下週就會在網路上公佈考試成績，就知道有沒有通過了！」小灝一把抱起阿金的下盤，幫牠上車。

「其實喔，我覺得阿金剛剛能表現成那樣，已經是奇蹟了！如果沒考過也沒關係，牠收穫了很多，改頭換面了！」小灝口沫橫飛地敘述著阿金多乖巧、多機靈。

「那是當然，不管有沒有通過，阿金是我們家最棒的寶貝，這是不會改變的事實！盡人事、聽天命，其他就順其自然吧。」爸爸揚起驕傲的微笑，驅車前往高速公路。「走，我們回家去！讓阿金好好休息！」

🐾

時光匆匆，經過往後數週的志工訓練，阿金已有資格穿上狗醫生值勤綠背心，成為正牌狗醫生了！

回想當初上網看到總成績的那刻，小瀨心底未有過太大的激動，心想反正過與不過，都不是天塌下來的大事，無論當不當狗醫生，都只是一種選擇罷了。

但得知具備狗醫生資格的那刻，他的喜悅之情溢於言表。

「啊，過了耶！阿金，你過了！你是狗醫生了！」媽媽和杏兒倒是比小瀨還歡樂，抱著阿金又跳又叫，當晚還替牠加菜。

不過，大概是阿金個頭較大、又有著虎斑花色，並不如其他玲瓏迷你的小狗來得討喜，往往每次來到任何出勤場合，聽到的質疑都比讚美的多。

「牠算是流氓醫生吧？長得很流氓耶！」

「好可怕的臉！」

「好醜！好黑！好大！」

「也太嚇人了吧？牠真的是醫生？」

一開始聽到這樣的無心評語，小瀨與爸爸總會氣得當場擺出臉色，畢

十五、長青醫院的怪老頭

竟自家疼愛多時的寶貝被批評，又有哪位飼主能毫不動氣呢？

「沒辦法。既然服務於人群，就要以身作則，教會對方尊重。」漸漸地，小灝認為不與對方互嗆開罵，才是狗醫生的精神。

起初聽到阿金被批評，小灝也會又氣又心疼，但無論被怎麼說，阿金像是根本聽不懂、也不想懂似的。

牠總會對著批評牠的人搖尾微笑，露出憨直友善的神色。

即使外表不討喜，但阿金很善於觀察環境中的每個人，不管是較為害羞的看戶中心病童、或個性孤僻的養老院長者，阿金都會主動而溫暖地維持一點距離，用不帶給對方壓力的方式示好。

偶爾，小灝餘光瞥見躲在牆柱後頭瞪人的小孩、不願參與狗狗活動的病患、或口出批評的長輩，都曾心想：「對方怪怪的，我們先不用理他吧？」

但阿金卻沒有過這些想法，單純做自己，暖男般的個性卻總會慢慢融化對方的心。

這次拜訪就算未能讓對方主動過來，下次拜訪時，阿金卻仍記得對方，從不輕言放棄關懷對方的使命。

就像一個真正的好醫生面對各式各樣的病患，也不從挑三揀四，保持服務的同理心與耐性那般。

「我們生而為人啊……要跟阿金學的地方還很多呢！」某天狗醫生活動結束後，爸爸也心有所感地讚嘆。

一般而言，阿金的任務需先由狗醫生協會接到該團體的邀請，才會加以指派。平常，可能會接到如下的電話：

「小灝你好！有你們苗栗地區博愛國小的特殊教育班級，指派狗醫生上課陪伴，時間是週五的上午，不曉得你是否可以配合？」

狗醫生的飼主可以選擇是否參加活動，若時間日期談不攏，或單純忙碌想休息，都可以拒絕。

而在不需要出任務的日子，阿金也樂得清閒，在家裡當大王。

「聽北歐的狗狗生活專家說，最好要讓狗兒有選擇權，畢竟牠們的作息與場所都被人類限制了，應該至少連今天想睡哪裡、想玩什麼玩具，都可自己選擇。」

開始養狗之後，媽媽常常瘋狗狗團購，樂得當主購上網邀請大家一起買有廠牌、有信譽的狗狗用品，用物美價廉的方式替阿金「補貨」。

十五、長青醫院的怪老頭

現在的阿金，有一張涼蓆床與一張架高的通風行軍床可以輪流睡，連玩具也好幾個——有彈跳的、有益智的、有絨毛娃娃，就像一個坐擁金山銀山的國王，真的不愧「阿金」此名了。

每次看見阿金一副淡然卻藏著得意的閒散睡容，杏兒的朋友總會誇道：「妳家狗狗好有趣喔！」

這陣子，杏兒也不再為了line上好友們的用字遣詞而傷神，索性邀請她們一起和阿金到狗狗公園玩、或直接來家裡作客。

無話不談的真實默契感，比網路上猜來猜去、被「已讀不回」的感覺，好太多了！

「阿金真的是狗醫生嗎？如果是狗狗的拳擊手之類的，我還比較相信呢！」偶爾也會有幾位淘氣的男孩子，想故意惹杏兒生氣。

「我們家阿金不會打架，很有規矩呢！」杏兒會找出狗醫生單位替阿金考試測錄的影片英姿，大家看了都嘖嘖稱奇。

「簡直跟人一樣聰明……不，根本比人還聰明啊！」

「是啊，還這麼會考試！比我這個打混的人優秀多了！」男孩們看完影片總是十分驚愕，不敢相信阿金還真的是個貨真價實的狠角色，透過自已能力「考上」狗醫生！

畢竟阿金平常貌不驚人，在家就是一副放鬆的胖大叔模樣，連原本精瘦的型男身材都變得圓潤起來，金黑色的毛皮也撐得膨膨的，金色星芒的花樣更明顯了。

起身時，腿睡麻的阿金仍會走得一擺一擺的，但關節保養品的作用經過幾週開始漸漸發威。牠熱身過後的走姿已經能恢復到跟以前一模一樣，散步時也威風凜凜。

這樣的阿金，本週末與杏兒、小灝來到長青醫院的復健部。

這裡是專門規劃給年長者不受干擾與異樣眼光、自在使用復健器材的部門。

「阿金醫生來帶大家去復健囉！」高大的護理員哥哥催促著各傷患起床更衣，離開病房前往復健室。通常病患不是裝睡就是抱怨，但只要每週有狗醫生來，患者們參與復健的意願都特別踴躍。

「不瞞你們說……自從我們每週與你們協會合作之後，很多患者就比較願意下床、扶著牆慢慢來到復健室了！」護理員哥哥眼中有著振奮，而今天看到不只小灝與阿金這些熟面孔，連甜美的杏兒都身著球鞋、短褲與

十五、長青醫院的怪老頭

白上衣前來，許多阿公阿嬤都露出期待的笑容。

「有年輕人來真好呢！」一位八十旬的阿嬤幽默地望著阿金說：「對，不要緊張，我也覺得你是年輕人！」

杏兒與小灝相視而笑，已是阿伯年紀的阿金也當作這是恭維，輕巧搖搖尾巴。

而眼前這位風趣的阿嬤，是因為車禍而來這裡住院的。長青外科醫院多的是家人無暇照顧、而被臨時安排來接受住院養傷的老人家。

高齡長輩一旦受傷、復原力自然比較差，住上三五個月的大有人在。雖然醫院盡量佈置得溫馨親切，但比起與家人同住，感覺自然是悶上許多，這也是許多老人家提不起勁復健的原因。

「但他們越不復健，好得越慢，若出院了還行動不便，難免會擔心自己被家人嫌棄……」在護理員的說明下，小灝與阿金已經在過去這兩週培養出同理心，決定好好陪伴這些努力痊癒的可愛長輩們！

今天，在阿金一一巡視、拜訪病房的過程中，絕大多數的老者都拄著拐杖、滑著輪椅、或自行扶著牆壁前往復健室，也有些傷在手或頸部的患者走得很自如，人人臉上都帶著雖嫌麻煩、但喜悅居多的笑容。

唯有一間病房例外。

「阿金，還有走廊底的那間病房，我們還沒去邀請呢！搞不好對方很在意我們的邀請喔！」小瀨牽著阿金，杏兒則跟在後頭。

「那個……等一下……」護理員哥哥吞吞吐吐地跟在後頭，就在阿金與小瀨面露笑容迎向陰暗病房中的人影時……

「髒狗！不要進來！」裡頭的人影衝上前罵道，「砰」地一聲關上門。

「嗚啊！」小瀨與杏兒瞬間差點失了魂，別說阿金被嚇傻了，他們也過了半晌才回過神來。

十六、中秋佳話

眼看方才的關門舉動，幾乎差點夾傷阿金的前腳，對方還出言不遜罵阿金，杏兒氣炸了！

「欸！你說我們家阿金是髒狗，你才是死老頭呢！」眼看杏兒又拍門又叫嚷，小灝一手牽阿金，一手拖住妹妹。

「別跟對方一般見識啊！他不想復健就算啦～」小灝連忙回頭關心阿金，阿金只是因為門的巨響而愣住，並沒有受傷。

「真的是非常抱歉……」護理員哥哥額間冒汗，彎腰道歉道：「這位病患……黃老先生脾氣比較大，但我沒想到他會做出這種威脅的動作，真的很抱歉！」

「還好阿金沒受傷。」小灝苦笑，指著復健室的方向。「我們還是先去那裡吧！畢竟那裡的人絕對是比較歡迎阿金的。」

「真的是非常抱歉……」

「請問，那個老頭很討厭狗嗎？」杏兒單純地問：「若真的怕狗，就不勉強了。」

「不，我記得他有來過第一週的復健活動，雖然只是站在遠處看一下就走了。」小灝邊揣測完，轉頭望向護理員哥哥。

十六、中秋佳話

「其實黃老先生並不討厭狗啊！他與兒子、媳婦、孫女一起同住，我看過他們帶著自家的紅貴賓犬來探病，江老先生過程中一直很冷靜，雖沒特別喜歡狗，但也不討厭啊！」

「可能是討厭阿金這種大黑狗吧？很多人都嫌虎斑犬髒，這是偏見，我們也無法一一糾正囉。」小灝轉而安撫杏兒。

阿金前往復健室，任需要手部復健的患者們梳毛、撫摸，也陪著腳部復健的長輩們一起遛狗行走，吐舌微笑的模樣非常討喜，人見人誇。即使小灝與杏兒都仍對方才的摩擦有些芥蒂，但阿金卻像毫不在意似的，把不愉快忘到九霄雲外。

不如是說，牠根本沒記得負面的事過。

「我們家阿金又不是沒吃過苦，剛剛那種事，對牠這個狗王而言，就像笑話一樣吧？」離去前，杏兒按摩著阿金的毛皮，露齒一笑。

「我只希望接下來每次來這裡，都不要遇到那個人。」小灝搖搖頭。「回去之後，我還要轉告協會，說這裡有對狗兒不友善的人，以免嚇到其他狗醫生。」

然而，小灝的簡單願望，卻落空了。

下次來訪時，詭異的黃老先生不但從病房一跛一跛地走出來，還跑到復健室搗亂，看到其他人幫阿金梳毛，就說「狗毛亂飛很討厭，會讓我過敏」，一會兒遇見其他人帶阿金散步，又說「無聊死了！最好是這樣會有用！」

這種言詞嚴重破壞了狗醫生課程的氣氛。

透過其他護理員半勸半騙，黃老先生勉強冷靜了下來。但他正要離開時，被幾位阿嬤摟在懷中梳毛的阿金，卻忽然跳了起來。

牠做出了讓眾人都驚訝不已的行為……

阿金筆直地朝鬧場的黃老先生跑去！

「阿金！」小灝深怕對方會攻擊阿金，一顆心急得跳了出來。

然而，阿金卻低下頭，朝對方搖了搖尾巴。

牠甚至繞著黃老先生轉了幾圈，雙掌貼地、翹起屁股，做出邀玩的動作。

就在此時，黃老先生眼底湧現了一絲神采，嘴角牽起笑容。雖然只有極短一瞬間，眾人也分不出他是訕笑阿金，還是真心微笑。

隨後，黃老先生又擺出臭臉不理會阿金，小灝也連忙上前將阿金帶走，目送對方逕自離去。

「如果下次再不改善這種情形，我們可能就不出勤囉！」小瀾委婉講述事情經過，急性子的爸爸立刻打電話給長青醫院，護理人員一再道歉。

「爸爸別這樣……就跟你說對方很難纏，連護理人員都沒辦法掌控啊！」

「怎麼會不能掌控！有這種怪人在，那誰來保護我的孩子們！」爸爸激動的模樣，全都出自於心疼，這讓小瀾也感受到一股炙熱的暖流，無法再潑爸爸冷水。

「總之，下週不要去了！我怕你們會有生命危險。」

「沒這麼嚴重啦！」小瀾無心地笑道：「爸爸你想太多了！」

不料下次出診，他們還真的遇上生命危險。

🐾

涼爽的秋日晚風徐徐吹來，阿金已經兩週沒穿上狗醫生背心了。

倒不是能力不足，只是這陣子各個福利慈善設施都開始放中秋假，往常服務的對象也通常返家休息。

十六、中秋佳話

事實上，他們前陣子前往長青醫院復健部時，不只護理人員有三分之一都請了假，許多熟面孔病患就算還沒出院，也紛紛被子女接回家。整個復健部的人數，只剩下寥寥十人。

「阿金醫生來看大家囉！就算連假近了，還是不能偷懶喔！」溫暖的護理員哥哥沿路輕敲病房的門，請長者們前往復健室。

走過廊底那間房時，他與小瀨頗有默契地對看了一眼，略過不理。

小瀨聳聳肩。

「那個難搞的老先生就住在裡面，他不喜歡阿金就算了。」

「黃濤」——門牌上寫著病患的姓名，房門緊閉，顯然是刻意掩上的。畢竟這裡的傷患大多都渴望與外界交流，因此通常只會將門半掩、甚至不關門。

「我們走吧！先去復健室。」小瀨拉著阿金。

「嗚！」

一反往常，阿金定住不動，幾乎是四肢貼地、咬牙頂住牽繩。

「怎麼啦！阿金！鬆繩散步不是基本的規矩嗎？」小瀨已經太久沒看過阿金這模樣，簡直嚇傻了，更感到非常沒面子。

十六、中秋佳話

不料阿金弓起背部反抗，不走就是不走、還猛扯著繩子，身上的「狗醫生」背心顯得格外諷刺。

護理員哥哥也愣住了。「怎麼了嗎？第一次看牠這樣鬧脾氣……」

「阿金！你做什麼啦！」小灝是真的生氣了，眼看阿金就死抵在黃濤老先生緊閉病房門前，紋風不動。怕拉傷阿金，小灝只好鬆繩。

「嗚！汪！」阿金猛然跳起，用前爪激烈抓門。

「怎麼這副野樣子呢？你在家從沒這樣的啊！」小灝急了，罵道：「人家黃濤先生之前罵你是野狗，沒想到你還真野給他看，是嗎？」

「汪！」阿金又高聲吠著，琥珀金的眼中湧出焦急。

「該不會……」護理員哥哥才試探地扭了門把一下，靈巧的阿金就猛然竄進門縫中！

「阿金！」小灝連忙追了進去，但眼前的情景，讓他們都驚訝極了……

只見黃濤老先生半身坐在危險的窗台邊，雙腳與雙手早已伸出窗外，下方是無邊無際的十五樓高空——

一不小心，就可能摔得粉身碎骨。

「黃濤先生！您做什麼啊？」護理員哥哥臉色慘白，連忙叫齊其他助理來幫忙。

「別過來！少在那裡虛情假意，你們只是怕這裡出了個死人而已！」高空中的黃濤先生，轉過滿是陰霾的臉。

「請別想不開啊！」護理員哥哥正要上前，只見黃濤猛然在窗台站起！

「啊啊！」見到他枯瘦的身軀在風中搖搖欲墜，沉穩的小灝也不禁慌得抱住頭。

「再過來，我就自己跳下去！我說到做到！」黃濤威脅道，泛黃的虛弱雙眸寫滿了憤恨。

「你們這些年輕人都一個樣，假裝自己多有愛心，這已經不是我第一天跑來這裡坐了，你們卻現在才發現啊？」

尖酸刻薄的語調後方，藏著深沉的自卑。

「我兒子媳婦也是，只會在人多的時候來看我，就愛作秀、作樣子，他們只是聽說這裡設備很好、口碑很好，想要在親戚面前證明自己很有能力、很照顧我罷了！」

黃濤說得口沫橫飛，小灝則暗示護理員哥哥不要回嘴，以免激化他的行動。

此時，其他醫護人員紛紛趕到，默然對護理員哥哥使了個眼色。

護理員哥哥低聲苦笑道：「小瀨……請你把阿金帶離這裡吧！我怕你爸到時候又打電話來……」

「沒關係。阿金也想留在這裡啊。」小瀨示意眾人將注意力放回黃濤身上，以免他再度更加暴怒。

「平常沒來看我就算了！就連中秋節也是，一點表示也沒有！就是要我一個摔斷手的人孤零零在這裡等死！我就是這麼沒有用！」

「其實不是這樣……」護理員低聲向小瀨解釋。「是因為兒子媳婦怕他手遲遲不痊癒，才說要不要繼續住院休養……但黃濤先生他都不認真復健……」

「好。我們別對他這麼說，以免他又覺得被責怪。」小瀨低語道。

「交頭接耳的……你們在嘲笑我吧？統統給我後退！你們一定都巴不得我這種討人厭的傢伙，早點消失，對吧？」說這話時，黃濤眼底竟閃過一絲淚光……

他屈起腿望向遙遠的地面，顫抖地放掉抓住窗框的手……

就在此時，阿金突破人群，雙爪往窗台一搭。

「嗚～」牠對著黃濤傻笑，嘴中叼著不時從何時撿起的一顆繃帶球。

「哈……哈……」阿金從球與嘴巴的空隙中伸出粉紅色的舌頭喘息，模樣就像在燦爛微笑，尾巴熱烈搖動，好似在邀請黃濤先生陪牠玩球。

「你……」黃濤就跟眾人一樣訝異，啞口無言。

隨後，他瞬間柔和的臉部線條，勉強又掛起慍色。「你這隻老臭狗，給我滾。」

雖是這麼說著，黃濤卻緩緩伸手，接下阿金給他的球……

「汪！」阿金開心他有了回應，只見牠回身一個彈跳，笑著準備接住黃濤先生扔出的球。

這一刻，黃濤眼角泛出了淚光。

「笨蛋！」

他往窗內丟球給阿金的這瞬間，重心往房內一偏，眾醫護人員趁勢衝上前。

「啊啊小心！」

一群人就這麼護著跌進窗內的黃濤。

一看到他脫離險境，小灝感覺自己的心跳這才恢復，雙手發抖。

十六、中秋佳話

而阿金呢，還在病房彼端奔馳，精準地追到黃濤的球。

「嗚～」牠愉快地叼起球，奔向被眾人簇擁在地的黃濤。

「你……」看到阿金不帶任何指責與批判的純真目光，黃濤已經泣不成聲。

「笨蛋！笨蛋……你為什麼要理我……就只有你真心想理我……」

小瀨牽起阿金的牽繩，但阿金仍熱情地將繃帶球撿給黃濤先生，儼然想繼續陪他玩球，毫無離去之意。

半小時之後，黃濤先生來到復健室的止滑地毯上，首度用受傷的那隻手緩緩拋球，阿金也玩得不亦樂乎。

「沒想到……你這隻收容所出來的野狗，竟還可以當上醫生！」黃濤先生仍惡毒地碎念，臉上卻始終掛著藏不住的笑容。

「真的太謝謝你們了……」一旁的女性護理師苦笑道：「不但救了黃先生一命，還讓他開始復健了。」

小瀨率真地搖搖頭。「不，不用謝。一切都只是遵從阿金自己的意思而已。坦白說，我還沒看過牠這麼執著的模樣。原來……阿金是早就察覺到，黃先生很需要牠啊！」

「其實……」護理員哥哥輕聲解釋道：「黃先生是個『更生人』，他坐過牢。」

「真的嗎？」小瀨低聲問：「他以前坐過牢？」

「好像是年輕時的事了，但他一直很耿耿於懷，才會認為兒子一家都討厭他。」

護理員哥哥苦澀地莞爾道：「或許是有這樣的背景，他看到曾經是流浪狗的阿金如今改頭換面，才會既羨慕又嫉妒吧！」

「呵呵，那我下次一定要跟他說說阿金當過狗王的事情。」

「黃濤先生一定會很高興的，雖然他不會承認。」護理員哥哥說完，小瀨也笑了出來。

🐾

時光冉冉，月色高照。

即便黃老先生的事已過去幾週了，但在中秋節的居家派對上，來到小瀨家烤肉的親戚們，仍圍著阿金談起這段佳話。

「阿金，聽說你阻止了一個自殺的人啊？」

十六、中秋佳話

「認養來的狗，真的特別懂事！」

「真不愧是狗醫生！」

被一群生面孔圍著自己高聲說話，阿金很是困惑。牠舉手摀住耳朵，嫌吵似地縮在杏兒腳下，開始裝睡。

為了慶祝中秋節，家裡一下湧進十多個年齡有大有小的陌生賓客，愛熱鬧的阿金起初雖親切和大家打招呼，但卻不愛眾人圍著牠高聲說話。不一會兒，牠便乖乖待在沙發旁，抱持著不打擾、也不排斥的成熟態度，邊假寐、邊等肉烤好。

為了響應環保減碳，今天的烤肉程序其實都在廚房的烤箱內進行。此外，爸爸也端出電子爐來烹煮火鍋，伯伯與叔叔則買來披薩、關東煮與甜點，大家吃得眉開眼笑。

當然，只要是水煮過的清淡食物，阿金都有份。

媽媽也過來摸摸阿金。「阿金好乖、好乖！等一下再弄水煮胡蘿蔔給你吃！」

阿金將頭靠在媽媽懷中撒嬌，但牠並不喜歡吃胡蘿蔔，不免又翻了翻白眼。

「真不敢相信……以前還讓阿金住在又溼又冷的雜亂院子。」望著落地窗外的後院，小灝不禁感嘆。

阿金動了動耳朵，隨著小灝的視線看向後院。

明白大家在說啥後，牠又翻起白眼、露出不敢相信的喜感模樣，引得眾人哈哈大笑。

「你喔～以前是狗王，現在來我們家也繼續當狗王，對不對？」

躺在乾爽的地毯上，被玩具、食物的香氣、鼎沸的人聲所包圍，阿金洋溢起認同的微笑。

那抹笑帶了點狗王的悠然尊榮，更有著醫生都具備的冰雪聰明。

在這個和煦的秋日夜晚，吃飽喝足的阿金聽著親愛的人們的談笑聲，緩緩閉眼小眠。

偶爾牠會做做夢，睡夢中微微踢動著手腳。

或許是夢見了以前被囚禁過的鐵籠、流浪過的山村小廟；也或許，阿金夢到了好心將牠帶出收容所的玉姨。

但從此刻阿金滿足的睡容看來，這些回憶都同樣珍貴。

過程中的每一站，都通往了現在的幸福。

「阿金，吃肉喔！」聽到小瀨這聲呼喚，阿金立刻從地毯上彈了起來，張嘴品嚐香甜多汁的食物。

阿金相信世界上有天堂。

牠的家就是最棒的天堂。

豐衣足食，洋溢著安全與溫暖，笑語芬芳。

培育文化

勵志學堂 64

流浪犬阿金

作者　夏嵐
責任編輯　許安遙
美術編輯　姚恩涵
封面設計　青姚

出版者　培育文化事業有限公司
信箱　yungjiuh@ms45.hinet.net
地址　新北市汐止區大同路3段194號9樓之1
電話　（02）8647-3663
傳真　（02）8674-3660
劃撥帳號　18669219
CVS代理　美璟文化有限公司
TEL／(02)27239968
FAX／(02)27239668

總經銷：永續圖書有限公司

法律顧問　方圓法律事務所　涂成樞律師
出版日期　2017年05月

國家圖書館出版品預行編目資料

流浪犬阿金 / 夏嵐著. -- 初版.
-- 新北市 : 培育文化, 民106.05
面 ; 　公分. -- (勵志學堂 ; 64)
ISBN 978-986-5862-92-3(平裝)

859.6　　106003756

※為保障您的權益，每一項資料請務必確實填寫，謝謝！

姓名		性別	□男 □女
生日	年 月 日	年齡	
住宅地址	郵遞區號□□□		
行動電話		E-mail	

學歷

□國小 □國中 □高中、高職 □專科、大學以上 □其他______

職業

□學生 □軍 □公 □教 □工 □商 □金融業
□資訊業 □服務業 □傳播業 □出版業 □自由業 □其他______

謝謝您購買 流浪犬阿金 與我們一起分享讀完本書後的心得。務必留下您的基本資料及電子信箱，使用我們準備的免郵回函寄回，我們每月將抽出一百名回函讀者，寄出精美禮物以及享有生日當月購書優惠！想知道更多更即時的消息，歡迎加入"永續圖書粉絲團"

您也可以使用以下傳真電話或是掃描圖檔寄回本公司電子信箱，謝謝！

傳真電話：（02）8647-3660　電子信箱：yungjiuh@ms45.hinet.net

●請針對下列各項目為本書打分數，由高至低5～1分。

項目	5 4 3 2 1	項目	5 4 3 2 1
1. 內容題材	□□□□□	2. 編排設計	□□□□□
3. 封面設計	□□□□□	4. 文字品質	□□□□□
5. 圖片品質	□□□□□	6. 裝訂印刷	□□□□□

●您購買此書的地點及店名______

●您為何會購買本書？

□被文案吸引 □喜歡封面設計 □親友推薦 □喜歡作者
□網站介紹 □其他______

●您認為什麼因素會影響您購買書籍的慾望？

□價格，並且合理定價是______ □內容文字有足夠吸引力
□作者的知名度 □是否為暢銷書籍 □封面設計、插、漫畫

●請寫下您對編輯部的期望及建議：

221-03

新北市汐止區大同路三段194號9樓之1
傳真電話：（02）8647-3660
E-mail：yungjiuh@ms45.hinet.net

廣告回信
基隆郵局登記證
基隆廣字第200132號

培育

文化事業有限公司

讀者專用回函

流浪犬阿金

培養文化育智心靈的好選擇